からくさものがたり

唐草物语

[日] 涩泽龙彦 著

林青 译

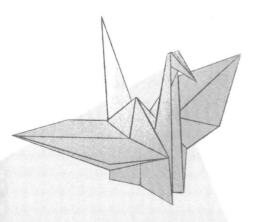

广西师范大学出版社

·桂林·

小阅读·文艺

◆

目　录

鸟与少女

　　保罗·乌切洛[1]接到任务,要在贝鲁奇宫[2]的圆形藻井四角,画上代表地水火风四大元素的象征性动物——地之鼹鼠、水之鱼、火之火蜥蜴(沙罗曼蛇)、风之变色龙——时,不知是出于什么误会,他把变色龙画成了骆驼。根据瓦萨里[3]的记述,这件破天荒的事情当时在佛罗伦萨引发了争端。有人极为鄙弃地表示:"这画家简直无可救药,缺乏教养也要有个限度!"也有人得意地表示:"不不不,他擅长讽刺,这是明知变色龙(chameleon)和骆驼(camel)的区别而故意画错的。就是个异想天开的双关语吧!"这件事让佛罗伦萨的话题热闹了好一阵子。

　　这四大元素的象征性动物不知是在什么时候形成定论的——大概是中世纪的动物志之类的古老典故吧——仔细想想就会发觉它们其实相当古怪。地之鼹鼠,水之鱼,火之火蜥蜴,在外行看来这些都还好理解,但风之元素搭配上变色龙这一项,对于不具备这方面知识的人来说就简直是一

　　1　保罗·乌切洛(1397年—1475年),原名保罗·迪·多诺,意大利画家,以其艺术透视之开创性而闻名,由于所绘飞禽异常精致而有"飞鸟"之称。作品有描述圣罗马诺之战的三联画。本书中所有的注释均为译者注。

　　2　指伯鲁兹大宫。

　　3　乔尔乔·瓦萨里(1511年—1574年),文艺复兴时期意大利画家和建筑师,以传记《艺苑名人传》留名后世。

头雾水。这风和变色龙之间到底有什么关系？只有在读了布鲁内托·拉蒂尼[1]——他因身为但丁的老师而闻名——所著、在当时广为流传的《小宝典》中的记述"变色龙是高傲的动物。因为它们不吃也不喝地上的任何东西，主要是靠吸着空气（也就是风）而生存"之后，这个疑问才能冰消雪解。以此类推，象征主义就是这么回事。虽然看起来荒谬且完全不符合科学，但这也是没办法的事。

除了西班牙南部以外，变色龙几乎不生活在欧洲，因此始终没有离开过意大利的保罗·乌切洛确实很有可能终生都没见过这种小爬虫。但这种看起来与蜥蜴颇有血统关系的干巴巴的小动物，从亚里士多德和普林尼[2]的时代起就已经被写在书上，进入了欧洲的知识库。就算他作为画家再缺乏教养，也不应当不知道。这已经超出教养的范畴，而属于常识的问题了。又或者正如当时的传言所说，他这是

1　布鲁内托·拉蒂尼（约1220年—约1294年），生于佛罗伦萨，意大利哲学家，亚里士多德学派学者，但丁的老师。

2　盖乌斯·普林尼·塞孔杜斯（23年—79年），常被称为老普林尼或大普林尼，古罗马作家、博物学者、军人、政治家，以《博物志》（一译《自然史》）一书留名后世。其外甥即罗马政治家、作家小普林尼。老普林尼是罗马骑士、元老院议员加伊乌斯·凯奇利乌斯的外孙。学过法律，任西班牙代理总督，后担任那不勒斯舰队司令。老普林尼在观察维苏威火山爆发时，不幸被火山喷出的毒气毒死。关于老普林尼之死，可参看本书中的《死于火山》。

明知故犯,借谐音开了个玩笑吗?

据传保罗过着令人难以置信的贫穷生活。在他家里,房间里的所有墙壁上都画满了各种鸟类和野兽。他被佛罗伦萨人冠以乌切洛(在意大利语里意为"飞鸟")这个外号,也正是因为他喜欢飞鸟这一点。保罗画的鸟没有流传下来,因此很难断言他达到了怎样的成就。但在传记作者的论述中,他是因为没钱饲养真正的动物,才靠模拟物来聊以慰藉,这观点我很难表示赞同。也许我的见解有些离奇,但我认为对于保罗来说,画里的动物比真正的动物更有现实价值。这一点不容易说清楚,那就让我换个说法吧。也就是说,保罗爱的只是从事物中抽离出来的形态之美,而对事物本身毫无兴趣。这样一来,他会分不清变色龙和骆驼也就好理解了。只要形态有趣,无论是变色龙也好骆驼也好,哪一种动物对他来说都无所谓。

关于保罗爱的是纯粹的形态本身的美这一点,还可以举出以下的事例。他有几张素描画稿现存于佛罗伦萨乌菲齐美术馆的素描版画室,其中有些画了一种奇特的圆环状物体。一眼看上去,完全看不出画的是什么。那看起来像是漂浮在空中的圆盘,正中间又像甜甜圈一样是空心的,所以更接近扁平的救生圈。只不过,这个圆环上还长着有棱角的切割面,看起来不像是塑胶的救生圈,而更像是经过切割的坚硬宝石。实际上这东西叫作马佐乔,是当时佛罗伦萨的贵族们戴在头上的木制帽子骨架,大型帽子就是用布缠在它上面做成的。保罗似乎非常喜欢这个马佐乔的形状,多次对它进行了精确的素描。

今天我们看着这具有钻石般的复杂切面、并用上了严格的透视画法的圆环素描,我们会把它当作是某种神秘物体。甚至会和他同时代的多那太罗[1]产生共鸣而对他说:"保罗啊,你的透视法光是在追求那些细枝末节的东西,却忘了最重要的。这种素描除了拿给嵌木工匠用以外没有任何意义。"也就是说他画的形状极为精密,甚至于到了看上去毫无意义的地步。

实际上,正如他的前辈多那太罗所感慨的那样,保罗对透视法的热衷非同寻常。连一般画家懒得处理的无关物体他也会用上透视法,像是想要从中抽取某种纯粹的形状。他以透视法为唯一的武器,想把这世界上所有的事物都还原成形状。透过透视法来观察,马将不再是马,盔甲将不再是盔甲,树木也将不再是树木,只是单纯的形状。保罗相信他发现了这个秘密。一般画家会满足于把马画得像马,在

1　多那太罗(1386 年—1466 年),也译为多纳泰洛,15 世纪意大利佛罗伦萨著名雕刻家,文艺复兴初期写实主义与复兴雕刻的奠基者,对当时及后期文艺复兴艺术发展具有深远影响。

他们眼里,保罗对于形状毫无餍足的追求是不可理解并且毫无意义的吧。

"乌切洛吗? 那个透视法的疯子也是够让人头痛的。他的画面上净是些乱七八糟、错综复杂的线条,完全看不出哪里画的是什么。他喜欢马也就算了,可乌切洛画的马,同一边的两只脚居然会同时抬起来!"

当时和乌切洛一起在佛罗伦萨工作的画家及雕刻家们,也就是洛伦佐·吉贝尔蒂[1]、菲利波·布鲁内莱斯基[2]、卢卡·德拉·罗比亚[3]、多那太罗这些人,无一不是自成一家的行业名家。他们对保罗的透视法追求形状的偏

1　洛伦佐·吉贝尔蒂(1378 年—1455 年),意大利文艺复兴初期雕塑家。他为佛罗伦萨圣若望洗礼堂制作了青铜门,共制作了旧约的二十八块面板和新约的十块面板,后者被米开朗基罗称为"天堂之门"。"天堂之门"被公认是人文主义的纪念碑,奥古斯特·罗丹的地狱之门也受到"天堂之门"的启发。

2　菲利波·布鲁内莱斯基(1377 年—1446 年),意大利文艺复兴早期颇负盛名的建筑师与工程师,他的主要建筑作品都位于佛罗伦萨。根据他的熟人兼传记作者安东尼奥·马内蒂的说法,布鲁内莱斯基"得以享有埋葬在圣母百花大教堂的殊荣,在世时已经雕好一个大理石胸像,以这样一个辉煌的墓志铭作为永恒的纪念"。圣母百花大教堂的穹顶和圣洛伦佐教堂的圣器室都是他的设计作品。

3　卢卡·德拉·罗比亚(? —1482 年),首位主要制作瓷雕的文艺复兴时期艺术家。他发明了一种给陶瓷上釉、使其能防水的方法,他制作的环形花饰中的蓝底白色圣母和圣婴圆形装饰瓷砖成为文艺复兴装饰物的典范。

执行为既感到尊敬，又不能不在心底嗤之以鼻。根据瓦萨里的记录，这几乎是公开的事实。

如果说炼金术是能将低贱的物质转变为高贵的黄金的技法，那么保罗的透视法就可以说是炼金术的同类。如前文所述，如果有东西能把这世界上的所有事物还原成纯粹的形状，那就只可能是保罗的透视法。这种方法看起来似乎科学且客观，但它实际上出人意料地带有概念性的性质。不对，与其用"概念性"这个容易混淆的词，我想用表意更准确的"柏拉图主义性"这个词。我觉得保罗那在现实的背后一味追求形状的视线，已经超越了现实，而望见了理性的世界。

保罗就像炼金术士一样，日日夜夜在纸上画着线条和图形，直到纸面一片乌黑。他为无法解决的几何学和比例问题而烦恼，终日心无旁骛地研究着透视法。他过着隐士般的生活，胡子和头发恣意生长，家里满是灰尘和蜘蛛网。他也很少出门，动辄废寝忘食。据说后世的皮耶罗·迪·科西莫[1]在专心画画时会一次性煮上五十个鸡蛋放在篮子

---

[1]　皮耶罗·迪·科西莫（1462 年—1522 年），意大利文艺复兴时期画家。传闻科西莫害怕打雷，还有恐火症，因此从来不做饭，只依靠煮鸡蛋为生。他在为他的作品准备材料时，会顺便准备五十个煮鸡蛋。他拒绝清理画室，也不修剪自家果园里的果树。

里,右手拿着画笔作画,左手就一个接一个地拿起鸡蛋来吃。而到了保罗这里,甚至没人见过他吃东西,正所谓天外有天。不过,虽然画家比起物体更爱其模仿物、比起事物更爱其形状,但只有食物是无法用模仿物或者形状取代的。他既然一直活着,那肯定还是有吃东西的。

※　　※　　※

在前文里,我故意一直没有提到马塞尔·施沃布 [1] 的名字。熟悉这个范畴的读者可能已经看出来了,除了瓦萨里的传记外,我这篇文章还受到施沃布《虚拟传记》的启发。不过,我并不打算局限于先人的解释,而是力图用自己的方式给这位 15 世纪的佛罗伦萨画家画一幅肖像画。至于这种努力有没有取得成功,在文章只进行到三分之一的现在,读者们大概也很难判断,因此还请继续看下去。

在施沃布的《虚拟传记》里,他曾创造了一个名叫塞尔瓦莎的少女的形象。塞尔瓦莎在意大利语里是意指野人或野孩子的词汇的阴性形态。我认为这是瓦萨里对于乌切洛的评价——“仿佛野人般孤独生活的画家”——对他产生

1　马塞尔·施沃布(1867 年—1905 年),法国作家,犹太人。主要作品有《少年十字军》(*La Croisade des enfants*)、《虚拟传记》(*Vies imaginaires*)等,作品有很强的奇幻特质。

了启发。不过,这种探究没什么意义。我也打算让塞尔瓦莎出现在我的故事里。那么,就让她出场吧。

保罗第一次遇到塞尔瓦莎,是在佛罗伦萨郊外的一处牧场上。牧场里处处可见古代建筑物的柱脚石埋没在草丛中。他正认真地给牧场上玩要着的牛羊马匹以及雀鸟昆虫画着素描,试图从这些具备血肉并大小形态各异的动物姿态中抽离出某种形状来。因此他并未察觉一名少女在不知不觉中走到身边,正看着他手中的素描本。

"午安,乌切洛先生。"

"啊,午安。"

乌切洛是小有名气的画家,因此当陌生的少女向他打招呼时,他并不觉得有什么不对。少女马上又说了一句他没想到的话:

"那个……你不记得我了吗?"

画家抬起头,第一次正眼看向少女。少女头上戴着花环,穿着腰上系有蓝色缎带的长外套,赤脚站在地上。看打扮是出身于贫寒的家庭,但脸上带着无忧无虑的笑容。从她那草梗一般纤细的身体来看,应该还不满十五岁。画家完全不记得曾见过她。

"我想不起来。该不会是前段时间在圣母领报节 1 的

　　1　纪念天使加百列向圣母玛利亚报喜的节日。基督教为 3 月 25 日,东正教及其他东方教会为 4 月 6 日或 7 日。

队伍中见过吧?"

"不,不是的。"

"嗯。我很少外出,几乎不认识女孩子。不过要说起来,你的长相倒像是在古老的弥撒书插画里常见的长相。我虽然没见过你,但总觉得很久以前就认识你了。哈哈哈。"

看到画家不记得自己,少女露出了有些悲伤的表情。表情的细微变化立刻让画家为之瞩目。在他脑海中瞬间浮现出能从这名少女的脸上抽离的几种形状。她睫毛翘曲的那种细细的线条,瞳孔的小小圆形,眼皮上的半月形,上唇正中的三角凹陷,发丝的曲线那微妙的缠绕方式,都被画家用锐利的眼光毫无遗漏地观察着。然后他心想:"这还是很值得研究的。"

他询问了少女的身世。少女是佛罗伦萨染坊家的女儿,名叫塞尔瓦莎。亲生母亲已经亡故,家里又娶进了一位继母,常常会粗暴地打骂她,因此她不想回家。保罗听完后,把她带回了自己家。

保罗的家里可以说是一贫如洗,但也确实名副其实地装满了塞尔瓦莎从未见过的各种珍奇物品。画室的架子上摆满了各种动物的骨头和石头,地板上乱七八糟地扔着沙漏、天平、圆规、角尺等物,墙上画满了各种飞鸟和兽类。特别引人注目的是一幅穿着银甲的骑士与怪物搏斗的画,怪物的尾巴打着卷,既不像狮子也不像龙,满身鳞片,却也不像是大蛇或鳄鱼,它那蝴蝶般生有斑纹的翅膀随风飘舞,眼睛和嘴里正喷出火焰。仔细一看,骑士是要救出站在怪物身边的一名少女。

塞尔瓦莎毫不掩饰地表现出了天真的好奇心。她好奇地在第一次踏足的画室里四下张望。她看到这幅骑士和怪兽的画时,突然像是石化一般一动不动了。

"你喜欢那幅画啊。画上画的是卡帕多细亚公主的故事[1]。我也很喜欢这个题材。同一个题材我已经画过三遍了。"

但少女像是完全没听到保罗在说什么,眼睛死死盯着可怖的怪兽,上气不接下气地说道:

"我想起来了,那是在去年5月的时候。先生您曾在千钧一发的时候救了我。"

"你在说什么呢。我刚才也说过了,我今天是第一次见到你。"

"不,不是的,先生您忘了。去年5月的时候,我确实曾

　　1　即著名的圣乔治与龙的传说。圣乔治出生于巴勒斯坦或卡帕多细亚,为罗马骑兵军官,因试图阻止戴克里先皇帝治下对基督徒的迫害,于303年被杀。494年由教宗哲拉修一世封圣。在传说中,圣乔治曾经杀死恶龙,拯救被当作祭品的公主。恶龙也有一说为鳄鱼。

被先生救过。那天我正走在佣兵凉廊通往领主广场的小路上，路边墙壁上的壁龛里有一头青铜怪兽突然发了疯，从壁龛里跳出来扑向我。我太害怕了，不知道该怎么办，只能瘫坐在石板路上。就在那时候，先生碰巧路过，用您那强壮的手臂，把眼看要变成怪兽口中餐的我从锋利的爪子下救了出来。"

"……"

"先生您狠狠地瞪着怪兽。不知为何，兴奋不已的怪兽就又垂头丧气地钻回壁龛里，重新变回青铜雕像，恢复到原来的姿势一动不动了。后来我想起来，都觉得可笑得不行呢。"

"……"

"先生您不记得了吗？那时候先生正要到您的朋友乔万尼·马内蒂[1]家里去请教几何学的问题。您的一只手还抱着一卷很大的羊皮纸卷呢。"

这样说来，好像确实是有过这种事。保罗经常会到关系密切的几何学者马内蒂家中，询问欧几里得几何的问题。去年5月大概也去过。但塞尔瓦莎热情洋溢地讲述的怪兽

1　乔万尼·马内蒂（1396年—1459年），出生于佛罗伦萨，意大利政治家和外交家，意大利文艺复兴时期的人文主义学者。

的故事,他绞尽脑汁也没能想起来。这是少女的白日梦?
抑或是幻想?保罗是无法理解的。

青铜雕塑的怪兽仿佛活物一般离开基座四下活动——
这虽然不可能发生,但反过来想想,没有比这更符合保罗艺
术理论的现象了。因为画家保罗平素就相信,与事物相比,
模仿物反而更加现实。

塞尔瓦莎像只猫一样住进了画家家里。她常常整天团
坐在画有飞禽走兽的墙跟前一动不动,仿佛是主动变成了
墙上的鸟兽们的同伴。但是在她的脑子里,总是只想着一
件事。她无法理解,自己明明这样爱着画家,画家却像是毫
无察觉。仿佛比起恋爱中的少女那温柔的面庞,看着纸上
那些错综复杂的直线和曲线更加有趣。怎么会这样?在少
女所知的世界中,这是不可能发生的事情。

画家也不是对她完全置之不理。有时候保罗会突然起
意,一会儿走近她一会儿远离她,让她一会儿站起来一会儿
坐下,又或者让她赤身裸体,然后开始热心地对着她的嘴
唇、眼睛、头发和手,对着她身上的所有部位画起素描来。
简单来说,就是做着从她身上抽离出形状的工作。

"乌切洛,我对你有帮助吗?"

这时候她已经不称画家为先生,而是亲密地喊作乌切
洛,也就是"飞鸟"了。

"有啊，很有帮助。因为你，我不知又发现了多少种新的形状。把这些形状组合起来，我可以再画一次卡帕多细亚公主的故事。之前我都是参照里米尼的罗贝托·马拉泰斯塔[1]的夫人伊莎贝塔·达·蒙特费尔特罗[2]的脸来画的——我年轻的时候为她画过肖像——她的脸有点太老了，不怎么有趣。你的脸要好得多。"

拿着画笔的保罗看起来心情颇为愉快。受到夸奖的塞尔瓦莎脸颊绯红，鼓起勇气继续说道：

"那么下次给我画一幅肖像吧，乌切洛。"

"你的肖像？"

"是的。"

"那可不行。"

"为什么？"

"肖像这种东西我实在不怎么喜欢。人类的脸是人体的一部分，而人体又是更大的自然的一部分。我没兴趣把它独立出来处理。"

"可是乌切洛，嘴唇、眼睛和头发，不都是更小的一部

1　罗贝托·马拉泰斯塔（约 1441 年—1482 年），里米尼 1468 年—1482 年期间的统治者。

2　伊莎贝塔·达·蒙特费尔特罗（1464 年—1510 年），乌尔比诺公爵的女儿。

分吗?"

"说得没错。这可麻烦了。"画家笑着说道,"也就是说,在我看来,人类脸上不纯粹的因素太多了。既然要分割,那就干脆彻底分割到嘴唇、眼睛和头发的程度。"

"我的脸也是不纯粹的吗?"

"倒也不是不纯粹,就是脸上表露的种种东西实在是太多了。对了,我第一次看到你的时候,就觉得你的脸像是弥撒书里插画上的那种。"

塞尔瓦莎认为,如果画家爱上了一个女人,就必然会想给那个女人画肖像画。保罗的这番话在她听来是残酷的。但保罗做梦也没想到,自己的话对少女造成了残酷的后果。保罗是天生的画家,他不了解让自己的爱局限在特定女人身上的喜悦。如果保罗感到喜悦的话,那就必然是从别的源泉生出来的。

那么,保罗的喜悦来自怎样的源泉呢?他的喜悦不会有所偏好或局限,因此应当是源于平等地灌注在宇宙中所有事物之上的爱。就像是被装在人造卫星的镜头上一样,他离地而飞翔,巨细无遗地捕捉着眼下视野里的所有东西。塞尔瓦莎的嘴唇、眼睛和头发,和他所捕捉到的飞禽走兽的每一种姿态,树木和岩石的每一根线条,云和波浪的每一片阴影,都没有任何区别。保罗完全平等地眺望着这一切,也完全平等地爱着这一切。他就是这种性质的男人。

但话说回来,生活在画家家里的塞尔瓦莎并不总是不幸的。当美术家同伴布鲁内莱斯基和吉贝尔蒂到保罗家来一起进行研究的时候,她就会忙于接待。

"哟,乌切洛的破屋子里出现了个年轻的女主人。这可真是怪事。"

对于这种不客气的戏言,她并没有感到不快。美术家们常常会讨论到深夜,她总是睡眼惺忪地陪在一边,努力想保持清醒。不过每次一过十二点,她就会靠在画室的墙壁上沉沉睡去,直到早上。睁开眼睛时,画在墙上的各种鸟兽的姿态会在晨光中浮现于自己的头上。这种时候她会感到前所未有的幸福。

就这样,保罗的贫困终究还是跌到了谷底。家里没有一点食物。去找美术家同伴商量请求援助一事,保罗自己未置一词,塞尔瓦莎也就什么都没说。她就这样什么都没说地饿死了。愿上帝保佑小小的塞尔瓦莎的灵魂。

塞尔瓦莎死后,画家看着她的尸体,眼睛里放射出了异样的光芒。他从未见过新鲜的少女尸体。无论如何也要把它画在纸上。对于他而言,这几乎是身为画家的神圣义务。他记录下少女身体僵硬的程度,合在一起的细小瘦削的手掌,楚楚可怜的眼睛闭上后的线条,年满十五岁仍未充分发育的稚嫩的乳房,凹陷的腹部,贝壳般贫瘠的阴部。她已经死去这件事,似乎并未进入这位画家的意识。

但另有一说,说是在塞尔瓦莎断气的当天夜里,保罗想尽办法找来了一块硬邦邦的面包。他一边拼命地把面包往已经僵硬的少女嘴里塞,一边失魂落魄地痛哭流涕。就算是再不通人情的画家,也不可能不知道人类的死亡吧。这是我的浅见。

※　※　※

让我们换个话题吧。

五年前我曾经在意大利呆过两个月时间。某次我坐车沿着萨莱诺湾[1]绕着索伦托半岛转了一圈,然后顺着那不勒斯湾的海岸到了波佐利,从港口乘轮渡前往伊斯基亚岛[2]。

---

[1] 萨莱诺湾是位于意大利南部坎帕尼亚大区萨莱诺省沿岸、第勒尼安海的一个海湾,其北岸是旅游热点地区阿马尔菲海岸,包括阿马尔菲、米诺利、波西塔诺等城镇以及萨莱诺市本身。萨莱诺湾的北部以索伦托半岛为界与那不勒斯湾分隔开来,南部是奇伦托海岸。

[2] 伊斯基亚是第勒尼安海中的一个火山岛,距离意大利南部城市那不勒斯约三十公里。岛屿的形状大致呈梯形,东西长约十公里,南北约七公里,海岸线总长约三十四公里。该岛几乎全部为山地。到伊斯基亚岛一般要从波佐利的港口乘船。

　　马约里[1]、阿马尔菲[2]、拉韦洛[3]、波西塔诺[4]，散布于索伦托半岛南侧这些观光小镇的名字不仅有着美丽的元音，还有某种东西让我们的心感到甚为甜蜜。"明信片一般的风景"都不足以形容这里。在这一带沿岸的岩山山腰上，除了九重葛的紫色花外，还盛开着各式各样色彩斑斓的花朵，让人目不暇接，不愧是罗马时代以来的观光胜地。隔着那不勒斯湾与索伦托半岛相对的伊斯基亚岛虽然不像卡普里岛[5]那样出名，但我无论如何都想去看看。因为这里有那位维托丽娅·科隆纳[6]曾经住过的城堡。

　　1　马约里是意大利南部坎帕尼亚大区萨莱诺省阿马尔菲海岸的一个城镇。从古罗马时代起它就是一个热门旅游胜地，拥有阿马尔菲海岸最长的一段海滩。

　　2　阿马尔菲是意大利坎帕尼亚大区的一个市镇，位于萨莱诺湾湾畔。这里曾是阿马尔菲航海共和国的首都，是公元839年至大约1200年间在地中海的一股重要的贸易势力。

　　3　拉韦洛是意大利南部坎帕尼亚大区萨莱诺省的一个小镇，地处阿马尔菲海岸。该镇曾是艺术家、音乐家和作家们的落脚地，包括理查德·瓦格纳、毛瑞特斯·柯奈利斯·艾雪、乔万尼·薄伽丘、弗吉尼亚·吴尔夫、戈尔·维达尔等人都曾在此逗留。

　　4　波西塔诺是位于意大利坎帕尼亚大区阿马尔菲海岸沿岸的一个小镇。城镇主要部分背山面海。

　　5　卡普里，意大利那不勒斯省的一个市镇。著名景点包括翁贝托一世广场、圣斯德望堂、圣雅各伯修道院、奥古斯都花园、朱庇特别墅等。

　　6　维托丽娅·科隆纳（1490年—1547年），文艺复兴时期意大利最重要的女诗人之一。出生于罗马附近科隆纳家的领地马里诺，四岁时与佩斯卡拉侯爵之子订婚，并接受了英才教育。十九岁时因为她自己的强烈愿望，于1509年12月27日在伊斯基亚岛举行了婚礼。她的丈夫后来参加了对法国的战争，维托丽娅本人则长期居住在伊斯基亚岛上。

　　我们在波佐利的港口连车一起搭上了轮渡。轮渡平平常常,和日本常见的轮渡一样。开到岛上要四十五分钟时间。开船后,我在甲板上站着吹了一会儿风,眺望着远去的意大利本土。风越来越凉,我催着妻子钻进了下面的客舱里。客舱里只有一排排粗糙的木制长凳,客人并不多。在这为数不多的客人里,就有意大利人的母女俩。

　　年轻的母亲像是二战刚刚结束时在意大利现实主义电影里常会出现的那种女性角色,衣着朴素,像是为了某种理想正在忍受着生活中的劳苦。她那张严肃的脸自有它的美感。不对,美感并没有客观的标准,因此应该说我觉得那时她的表情很美。女儿看起来只有十来岁,与其说皮肤白皙倒不如说是色素淡薄,看上去像是淋巴结核体质。大概是因为日本人很少见,女孩不停地打量着我们夫妻俩,她母亲小声地责备她,这连我们也觉察得到。

　　我从那天早上就有些头晕脑胀,于是打开旅行袋拿出从日本带来的药粉,就着妻子费心找来的水一起服下。意大利女孩从头到尾都在盯着我吃药的动作。

　　妻子为了打发时间,用我吃完药后剩下的包装纸折起了纸鹤,这时女孩好奇的眼神越发熠熠生辉。她大概无法想象这是在做什么吧。

　　妻子折好一只小小的纸鹤后,我从妻子手里拿过来,站起身走到女孩面前，默默地把它递给了女孩。

女孩一开始吃了一惊，表情僵硬地看看我又看看纸鹤，然后像是突然明白了我的意思，眼见着堆起了满面的笑容，兴高采烈地喊道：

"乌切洛！"

啊啊，乌切洛原来是指鸟啊，我想道。不知为何，心中涌出了一股莫名的感动。

如果这只纸鹤能像佛罗伦萨的雕像怪兽一般获得生命活动起来，从女孩手中翩翩地飞向空中，那这故事就该更加有趣了。遗憾的是奇迹并未发生。就算没有发生奇迹，我也已经十分满足了。

飞翔的
大纳言

在白河法皇[1]到鸟羽法皇[2]的年代，藤原氏一族出了一位侍从的大纳言，名叫藤原成通。从藤原关白道长算下来，他是第五代的子孙。因为血统得天独厚，在当时糜烂的贵族社会里，他极其顺利地升到了正二位大纳言的官位。但这位成通在史上留名，却和这些世俗官位的飞黄腾达毫无关系。他是当时首屈一指的时髦公子及风流俊雅的才子，精通所有技艺，无论是和歌、汉诗、笛子、曲颂、舞乐、今样[3]、马术、蹴鞠以及其他。特别是在蹴鞠方面，他传说般的名声流传至今，一般来说提到成通卿就会想到蹴鞠，提到蹴鞠就会想到成通卿。

在据传是成通卿自著的《成通卿口传日记》中写道，成通刚满十岁就迅速学会了蹴鞠。看到这名穿着白狩衣一门心思蹴鞠的美少年，曾是蹴鞠名手的淡路入道盛长[4]说过

1　白河天皇（1053年—1129年），日本第七十二代天皇。日本天皇退位后称上皇，上皇出家则称法皇。白河法皇退位后手握政治实权数十年之久。

2　鸟羽天皇（1103年—1156年），日本第七十四代天皇。年幼丧母，由祖父白河法皇养大，父亲死后五岁便即位，政务全部由白河法皇管理。鸟羽法皇禅让后，逐渐与白河法皇形成对立，最终引发了保元之乱。

3　今样是日本平安时代中期至镰仓时代流行的一种歌谣。当时相对于催马乐等宫廷传统歌谣而流行的新歌谣的总称。

4　即源盛长，醍醐源氏，备前守源长季之子。曾任淡路守，后来出家后别号淡路入道。蹴鞠的名手。

"此乃未来的鞠足无可限量之人",可谓是大器早成。鞠足就是指蹴鞠的人。而说到鞠,蹴鞠所用的鞠并不是像足球那样的球形,也不是像橄榄球那样的椭圆形,简单来说形状有点像法式面包,中央因为捆得紧紧的而稍稍下陷。要踢好这东西,需要相当程度的练习。如果踢得不好,鞠就会飞往意料不到的方向。蹴鞠的时候也不是用脚趾尖往前踢,而是用穿了鞋的脚背往上踢,与踢足球的方法有相当大的差异。鞠一般是在皮囊里装上糠或毛发填充制成,直径约二十多公分,以双色母鹿皮鞠为上品。开始的时候尽量把形状绑得越大越好,等到脚踢习惯了之后就可以慢慢绑小了。

没经历过蹴鞠的我们大概很难理解,这种形状奇特的鞠,穿上鞋只是踢来踢去的到底有什么乐趣。但蹴鞠这种游戏有个特有的奇异现象,就是一旦开始踢之后,就会像是妖魔附身般痴迷于此,身边的人越是看得目瞪口呆,蹴鞠的人就越停不下来。《源氏物语》中的《若菜》一帖曾绘声绘色地描写过,蹴鞠原本是适于青年的朴素游戏。但以成通为例,十来岁的少年看到这情形起心模仿也并不奇怪。小孩子也有可能沉迷于这项运动。这让我想起冷泉院被《大镜》及《愚管抄》的作者称为"物怪"的疯狂时期。那时他还只是年轻的皇太子,被称作宪平亲王。他曾整天在屋子里蹴鞠,致力于把鞠踢到天花板的房梁上去。每个人都把这种情景当作是疯狂的前兆而为之蹙眉,但其实事情没那么严重。冷泉院的那种孩子气的热衷,只不过是对蹴鞠产生了迷恋而已。

要把形如法式面包般的鞠用脚百发百中地踢到天花板的房梁上并保证它不掉下来,确实需要相当熟练的技术。这也确实称得上是一项技术。但我觉得和这种单纯的技术相比,侍从大纳言成通对于蹴鞠的看法处于完全不同的层面。一般来说,蹴鞠的人自己会站定不动,只是把对象物也就是鞠往上踢,成通似乎对此毫无兴趣。有个词叫人马合一,他所期望的,也许就是和鞠合为一体,不停地变换自己的位置吧。对于成通来说,蹴鞠的真谛就在于能亲身和鞠一起在虚空中玩耍。

比如说,有这样的传闻。

在位于清凉殿殿上[1]南面的侍臣休息室里,某次,成通穿着鞋站在一张大饭桌上抬脚一次又一次地蹴鞠。但只能听到鞠打在鞋上的声音,却听不到任何鞋落在饭桌上的声音。在场的所有人都觉得不可思议。

---

[1] 清凉殿是日本平安京皇居的宫殿之一,古时为天皇处理公务的日常居所。殿上是清凉殿中专供侍臣等候的地方,这些获准可以进入清凉殿的人被称为"殿上人"。

又有一次,有七八个侍臣坐成一排,成通穿着鞋蹴着鞠从他们的肩上依次走了过去。侍从里还有一名法师。到了法师这里,成通没有踩在他肩膀上,而是踩在了头上。就这样来回走了两次之后,成通问道:"被鞋踩到的感觉如何?"

众人均表示:"完全不觉得是被鞋踩到了。顶多就是老鹰停在了肩上的感觉。"

而那位被踩到头的法师则说道:"就像是往头上戴竹笠时的感觉。"

如果这不是法师对成通的奉承,就实在是值得惊异。

也有过这样的传闻。成通曾陪着父亲民部卿宗通前往清水寺参拜。当时还很年轻的成通出于无聊,就想到穿着鞋一边蹴鞠,一边走过观音堂舞台的整个栏杆。于是他从栏杆西边踢到东边,又从栏杆东边踢到西边,前来参拜的人和僧侣们看到这一情景,无不大惊失色。这也怪不得他们。众所周知,清水寺的舞台悬于空中如临悬崖,一个踩空就会没命。

"这家伙真是愚不可及。"

他父亲宗通不快地说道。参拜还没结束他就把成通赶了回去,后来有一个月时间不许他前往自家位于三条坊门的宅邸。

这若干个传说有一个共同点,那就是成通自幼身轻如

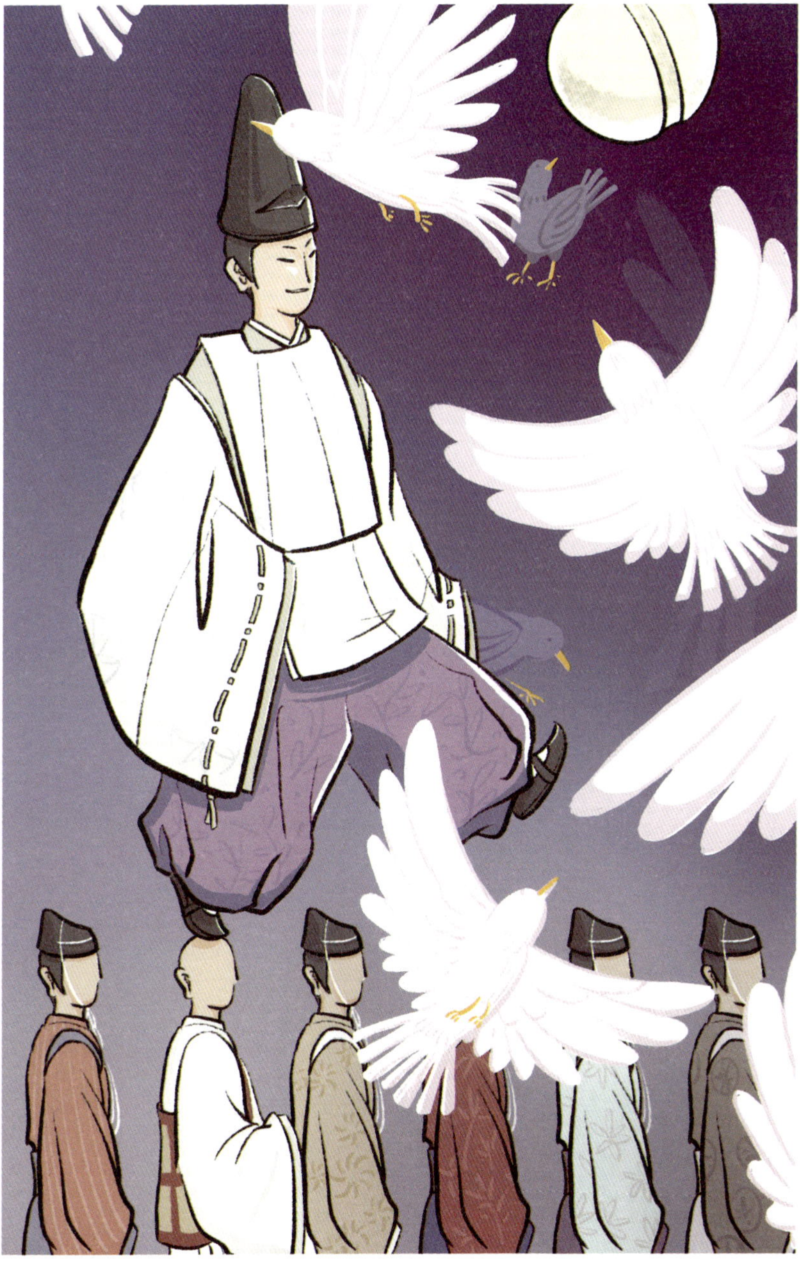

空飛ぶ大納言

燕,甚至像是无视引力定律,具备浮于虚空中玩耍的能力。这毫无疑问是先天的天赋,而他不间断的练习也应该起到了重要的作用。我想,他也许从小就对逃脱引力束缚、让双脚离开大地一事,抱有异常的执念。当然,在很久以前的平安时代,引力定律还没有在人们头脑中形成任何具体的概念。但脑子里没有概念,并不表示人们对此事一无所知。比如说,看看下面的传闻就知道了。

成通刚满十五岁时,他亲近的师长曾经问他:"不借人力,下面的东西有没有可能到上面去呢?"可以把这个问题当成是当时的智能测验。成通不慌不忙地把手放在地板上,熟练地做了个倒立,并保持着倒立的姿势,让杂色[1]拿来椿饼放在口中,慢慢地咀嚼咽下。于是椿饼顺着食管一路向上,最后进了成通的胃里。

这个传说产生于远远晚于成通生活的年代,也许不足为信。而这个传说其实还有另外一个淫秽版本。在该版本里,成通没有倒立,而是解开了他那年轻人常穿的紫色指贯[2]的衣带,让男根暴露在外,在师长面前迅速挺立了起来。

---

[1]　杂色指平安时代以后在东宫、院司、摄政关白家、各官司负责杂务的无品阶人员。

[2]　日本古代到中世纪男性穿着的下裤。

　　无论是倒立后吞咽东西,还是让男根勃起,严格来说都是身体的非条件反射,很难说是完全不借人力。但至少对于成通来说,这些运动看起来都脱离了引力的控制,都是朝向虚空进行的运动。"下面的东西到上面去"这件事对他来说绝非不可能,椿饼和男根的运动就证明了这一点。既然如此,那他自己的肉身为什么就不能像鞠一样离开地面飞翔呢?为什么就不能在他身边创造出特有的无重力状态呢?——成通这样想道。这样想着,他就越发让蹴鞠技艺精益求精。

　　对于成通来说,鞠是他飞翔愿望的象征,也被他视作与自身合为一体的亲密主体。让鞠运动起来的是自己的脚,但自己也仿佛被鞠的力量带着向上提举。有了鞠,他就感觉自己能轻飘飘地飞起来。只要和鞠在一起,哪怕是在清水寺的舞台栏杆这种危险万分、让人头晕目眩的深渊之上,他也能平平安安地走个来回。给了他这种确定的信心的,正是被他视为分身的奇妙物体,也就是鞠。

　　说起来,成通从满十岁第一次蹴鞠的少年时期开始,就片刻不曾离开鞠。根据日后他自己所述,生病卧床时,他会躺在被子里用脚抵着鞠。在大雨连绵的季节,他会跑到空荡荡的太极殿上一个人蹴鞠。在家里他会用小鞠来踢,晚上如果有月光就在庭院里踢,没有月光则就着灯台昏暗的光线勤奋练习。为了掌握迅速蹴鞠的技能,他曾从围墙和屋顶侧面爬上去,横躺在屋顶上让自己骨碌碌往下滚,在快要掉下去的时候迅速坐起,以此练习盘腿的技能。既然会主动跑去做这种苦修,那倒立吞椿饼之类,对于成通来说也就不过是小儿科而已。

传说中唐时的禅僧邓隐峰在五台山临终前,打算以前所未有的姿势圆寂,于是他问弟子:"以前是否有过倒立着圆寂的僧人?"弟子们回答:"未曾见过。"于是他当场翻身倒立,就这样断了气。他的衣服紧贴在笔直的双腿上,没有一丝凌乱。见者无不表示难以置信。这也许能作为一个例证,说明一旦达到超越所有生之执着的境界,也就自然脱离了引力的作用。

※　※　※

在《日本书纪》的《皇极纪》中有"打鞠侣"这样的句子,"蹴"原本读作"kuuru"或"kueru"。《梁尘秘抄》中的"跳吧跳吧蜗牛,不跳的话,就要被小马小牛蹴到了",也是同样的用法。因此蹴鞠应当读作"kuemari",这是还保留了八个母音时的美丽日语。

正如日本所有技艺的发展方式一样,到了镰仓室町时期以后,蹴鞠发展出了流派,成了公家独占的家业,还弄出一大堆麻烦的秘法和繁文缛节。到了江户时期,有群被称为外郎派的人,专事忽略这些繁文缛节,在民间传播蹴鞠。他们中甚至有被告官后流放到远方去的。我对这些繁琐的技艺发展史毫无兴趣。反倒觉得在产生流派以前,在《源氏物语》中光源氏评价为"虽动作粗暴,然醒目提神,倒也好玩"[1]时的蹴鞠更有活力和野性。我觉得这样的蹴鞠更接近其本来的形态,也更能让我产生兴趣。

蹴鞠的地方称为"鞠场"。鞠场约为二丈见方,东北角植樱树,东南角植柳树,西北角植松树,西南角植枫树,此为四柱鞠场。这让我觉得在古代,蹴鞠也许和某种植物信仰有关联。在《成通卿口传日记》中也有"木思鞠,鞠思木。立柱不思鞠,因木性已无"的记述。立柱就是锯掉根部后插在地里的四根柱子,在价值方面比不上有根而植的树木。这样说来,把鞠拿给别人时会像数果实时一般一颗两颗地来数。而在蹴鞠之前把鞠拿到场内时,要用纸捻成的绳子把鞠和松枝或柳枝系在一起再拿进去。不管哪一种做法,都像是把鞠视为活生生的果实。我没法不这样想。

蹴鞠的玩法大体分为两种。一种是上鞠。四棵树下各站两人,共站八人。从站在松树下技艺最高的人开始踢,踢

1　《源氏物语》第三十四章《若菜》。

上去三次后依次传给下一个人。就像是今天的排球赛一样,球落地为输。这不像是比赛,倒更像是某种仪式,在此就不详述了。另一种叫员鞠,是在上鞠的仪式告一段落后,一群人混在一起玩的游戏。玩的时候计算每个人在鞠落地之前能连续踢多少次,次数最多的人取胜。据说对于成通这种名人,踢个三四百次完全不在话下。

我特别感兴趣的,是在《成通卿口传日记》中提到的名为"返足"的蹴鞠技术。这是指当鞠被踢起到脑袋后方的时候,竖起鞋后跟,以后跟为中心身体迅速翻转向后回旋的踢法。应该称之为 pivot turn 或 spin turn 吧。成通是这样描写的:"伸脚旋身,返足而踢,见者无不感到优雅。"穿着各色狩衣及指贯、头戴乌帽子的廷臣与公卿们,追着鞠身体轻便地旋转,想必是很值得一看的场景。

在前面论及蹴鞠和植物崇拜之间的关系时,我曾提到过鞠被视为活生生的果实,这种推测是有一定根据的。虽说是出于外行的意见,但也不应视为无稽之谈。在喜欢蹴鞠的人当中,鞠是像神明一般的礼拜对象,这是众所周知的事实。而成通在这一点上也不落于人后。有传闻如下。

成通许下一千日里要每天不间断蹴鞠的心愿后,日日练习,在最终愿望达成那天召集同好之士到自己家中举办盛大的庆祝宴会。他设置了两层神龛,一层放鞠,一层摆上各种贡品。举幡向鞠进行敬拜之后,他们在神龛前交杯换盏,参加的人纷纷展示拿手技艺,赠送纪念品。就把这当作是一次以成通为中心、因蹴鞠聚集起来的当时风流人物的小圈子交流会吧。

宴会结束后,夜深人静时,成通为了把这天发生的事情写进日记,就把菊座的灯台拖到身边,情绪饱满地磨起了墨。磨墨这种单调的动作似乎带有催眠的效果。在夜半的寂静中,周遭的景象开始变得越来越模糊。这时,放在神龛八足案上的鞠像是突然有了生命般骨碌碌地动了起来,滚到了神龛下。成通察觉有异,凝神看去,看到有三个小小的童子围成一圈站在落地的鞠旁边。

那童子是人脸,手脚却似猿猴,头为刘海头[1]。他们身高像是三四岁的孩子,脚从短小的天衣衣裾下孤楞楞地伸出来,仿佛不动明王图中的矜羯罗童子[2]一般笑眯眯的。因为他们凭空出现,像是从鞠的内部冒出来的化身妖精一般,成通觉得怪异,便粗声问道:

"什么人?"

于是,三个人中地位最高的走上前来应道:

1　当时儿童的头发为披发,前额有平齐的刘海。

2　矜羯罗童子又称金伽罗童子,是不动明王身边的八大童子之一,一般位于不动明王身左侧。

"我们三人乃鞠之精。"

他深深地鞠了一躬后继续说道:

"我等因为对大纳言大人有事相告,才现身于此。蹴鞠之人自古以来为数众多,但像大纳言大人这样爱鞠之人从未闻及。以及,今晚收到这许多贡品,实在是不胜荣幸。我等为致谢而来。也许大人已经有所听闻,我等的名字在此……"

说到这里,童子用手掀起盖到眉头的额发,能看到刻在额头上的"春阳花"三字。第二名童子额头上为"夏安林",第三名童子额头上为"秋园"。三人额头上的都是金光闪闪的文字。这就是他们三人的名字。顺带说一下,从古代起蹴鞠时会使用"yakuwa""ari""ou"的呼叫声,而"yakuwa"是阳花、"ari"是安林、"ou"是园谐音演变而来1。这样看来,鞠的精灵与四季植物多少有些关系。接着成通仍满腹狐疑地问道:

"我以前从未见过你们。你们平时住在哪里?"

自称是春阳花的童子答道:

"在大纳言大人蹴鞠的时候,我们如影相随,尽可能与

---

1 阳花读作"youka",与"yakuwa"发音近似;安林读作"anrin",与"ari"近似;园在"祇园"一词中读作"on",与"ou"近似。

鞠同在。没有蹴鞠的活动时，就主要呆在柳枝繁茂之处或林中阴凉之地。因此蹴鞠时请呼唤我们的名字。我们必将沿枝而来，尽心效劳。无论是怎样高难的技术，都会让您掌握。不过，请千万不要进行庭鞠。在远离树木的地方我们会呼吸困难，难以侍奉。"

所谓"庭鞠"，是指在没有蹴鞠的专用设备、也就是没有鞠场的普通庭院中进行的简易游戏。

"如果我和你们约定，一定会在有树木的地方蹴鞠，你们就会实现我任何愿望吗？"

"您的任何愿望。马上。"

"呵，这可真是奇事。"

成通稍稍考虑了一下。实际上不用再三确认，他的愿望也早就想好了。只不过总还是忌惮，觉得不能说得太露骨。于是他沉默了一阵子，慢慢说道：

"我想飞。想和鞠合为一体飞到空中。"

他原本打算有所克制，但不自觉提高了声音。春阳花和左右两名同伴交换了个眼神，脸上浮现出意味深长的笑容，默默地点了点头。

"直到今天为止，我蹴鞠时脑子里都只有飞行一事。不管鞠飞得有多高，我的身体也一定会停留在地上。我并不是说想飞得很高。只是想让双脚离开地面，尽可能地长时间停留在空中。哪怕是在山雀飞个来回的短短时间里,都不能一直停留在空中吗? 人类的肉身真的不能像鸟儿一样飞翔吗?"

"要飞很简单,没什么大不了的。在梦中任何人都可以飞,不是吗?"

"原来如此,在梦里飞。这倒确实是。我还是个孩子的时候就经常做飞翔的梦,但最近几乎不做这种梦了。不过,在梦里飞也不能算作是真飞过了。"

"不不,话不能这么说。看来梦还真是被小看了呢。您没有注意到吗,这鞠,其实就是梦之树的果实。"

"梦之树的果实?"

"正是如此。就跟打开宝箱时一样,藏在绑得紧紧的鞠里的梦总是在一点点地发散出来,就像是熟透的果实散发出芳香一样。让身体浸到这种发散出来的梦里,无论是多么沉重的肉身都可以自行漂浮在空中。不过,正如熟过头的果实会腐烂一般,陈旧的鞠会失去效力。要凭梦而飞,就要把内里的东西换掉,填满新鲜的梦。"

"那要怎么做呢?"

之前一直是春阳花在说话,接下来换成了夏安林。他说:

"一点也不难。只要专心致志地看着鞠就好。摒除杂念、万念归一地去看。"

紧跟着秋园说道:

"古来以熏鞠[1]为阳,白鞠为阴。万念归一而此身化虚无之时,阴阳交会即现鞠之形。"

话讲得活像个阴阳博士一样。

"那我来试试看。"

成通半信半疑地按照鞠之精灵所说,不停地在脑子里凝聚思想。这时他眼中的周遭世界,就又渐渐地像刚才在菊座灯台下磨墨时那样,开始变得越来越模糊。按理说夜间应该已经放下了格子门,但房间里却像是廊门全开,月光如白颜料一般明晃晃地照了进来,茫茫然很难分清是在室内还是户外。成通想,这可真是奇妙啊。然后就看到一名童子手中拿着的鞠飘到了空中,像是巨大的橘柑果实般发出金色的光芒,像是个活物一样一张一缩地动了起来。

"哈哈,所谓阴阳之铜、天地之炉[2]指的就是这个吧。"成通顿悟。此时他突然觉得眼前的景物退向远方,自己正

1　熏鞠指用熏制后的皮革做的鞠,相对地白鞠指用未经处理的生皮做的鞠。

2　《御伽草子·付丧神》的上卷有"关于妖物是如何形成的,询问各方意见时,古文先生说:'造化之源本为混沌,古时并无人物草木之形的区别。但由阴阳之铜、天地之炉,像这样化成了万物……'"的说法。

隔着一段距离看向舞台。放在今天,应该说像是坐在观众
席上看着电影屏幕一般。成通觉得自己正处在这样的位
置上。

在成通眼前茫无边际的屏幕上,巨大的金色鞠仍飘飘
忽忽地浮在空中。还不仅如此,春阳花、夏安林、秋园三名
童子不知何时开始,和鞠一起在空中交相飞舞,让人眼花缭
乱。有陀螺般在空中滴溜溜打转的,有山雀般飞来飞去的,
也有定定地浮在空中、笑嘻嘻地摆出马戏团演员动作的。
简直像给成通展示了一场鞠之精灵的公演。

这时,成通看到屏幕一端出现了一个小男孩,开始慌慌
张张地追着飞舞的金色鞠满场跑。那正是被淡路入道盛长
打保票说"未来的鞠足无可限量"时成通的旧日姿态——
年满十岁穿着白狩衣的美少年。奇怪的是,成通并没认出
这是自己,只是平淡无奇地想道:

"哎呀,来了个奇怪的孩子。"

仔细想想看,这也没什么奇怪的。任何人遇到少年时
代的自己时,都不一定能认出那就是自己。

少年看着三名童子在空中自在地交相飞舞的情形,似
乎也想飞,绷紧了嘴表情坚定地再三试着蹦起来。到底是
小孩子,他很快就找到了感觉。一开始还很生疏,动作有些
生硬呆板,等到学会如仰泳般全身放松、双脚离地后,就眼

见着越来越熟练,长进之快让旁观的成通都为之惊讶。到了后来,少年的飞行技术已经不逊于三名童子了。在童子们的欢呼声中,少年浮游在空中,高兴地大叫:

"飞呀飞呀,飞起来呀。"

叫声像是出自少年之口。但实际上喊出声来的,不是屏幕上被看的少年,而是观看的成通。

成通被自己的声音惊醒。在惊醒的瞬间,他想起他一直以为是别人而关注着的少年,实际上正是他自己的旧时形象。他做了一个梦。看来是在磨墨的时候打了个盹。

在关上的格子门外,夜黑如墨,无星无月。放在神龛八足案上的鞠确实掉到了地上,被菊座灯台快要熄灭的灯薄薄地撒上了一层光。不知是否出于心理作用,鞠看起来比平日更有光泽。

"简直像个大橘子。"

大纳言成通卿喃喃说着,又开始磨起了墨。除了磨墨的声音外,屋里一片沉寂。这是个安静的夜晚。

※　※　※

大纳言成通漂浮于空中的说法,只有《尘添壒囊抄》里面有所提及,留下的记录并不多。该书上有"离席浮起五寸"的记录。五寸的高度几乎是擦着地,很难说是浮于空中。

　　我极其不愿意把日本王朝贵族们托于成通之身的飞翔愿望，与欧洲的伊卡洛斯情结相提并论，因为他们并不希望飞得很高。不过，在其根源都与性有关这一点上，我倒是承认这两者有共通之处。

　　拿成通来说，一方面他是个每晚必会乔装夜访的花花公子，另一方面他也被怀疑拥有少年情人。

　　在《今镜》中有这样的记述："大人年少时，初为人婿，拿厨子家具，赐予咒术师童子。"这里的咒术师是指当时寺院中服饰华美、在做法事的余兴时表演技艺的僧人。成通似乎相当宠爱少年咒术师。

　　在当时，宠爱少年咒术师就像室町时期的猿乐少年为贵族社会所宠爱[1]一样，是种普遍性的风气。但对于成通来说不止如此。咒术师表演最大的特色是身轻如燕地四下奔跑，擅长同样技能的成通会宠爱这些少年也就显得很自然了。蹴鞠的游戏，或许也是一种享受男性间友爱的方式。不知是否如鸭长明所言，成通"夫妻之间的爱情并不深厚"[2]。

　　1　这里是指世阿弥的典故。世阿弥是日本室町时代初期的猿乐师。当时猿乐师地位很低，但世阿弥十二岁表演时被当时的将军足利义满看中，极受宠爱。足利家历代的将军都因喜爱少年的姿色而对猿乐非常照顾，带来了猿乐的繁荣昌盛。

　　2　《发心集》："所谓风流之人，不为世间烦恼忧心，夫妻之间的爱情也不深厚，看起来来世的罪孽也不深。"

他确实并没有留下亲生的孩子,对于他来说,性可能也只是一种游戏。或许是我想的太多,但我总觉得成通与让·谷克多[1]有类似之处。

话说回来,成通在和歌方面并不太擅长。他算不上是一流的咏歌者。这大概就是他作为全能的天才唯一的缺点吧。作为参考,在这里附上一首他的和歌。毋庸冗言,他原本也不是庸才。

雁鸣声声报春晓,春霞满天伴我归。

[1] 让·谷克多(1889年—1963年),法国诗人、小说家、剧作家、设计师、编剧、艺术家和导演。谷克多的代表作品有小说《可怕的孩子们》(1929年),电影《诗人之血》(1930年)、《可怕的父母》(1948年)、《美女与野兽》(1946年)和《奥菲斯》(1949年)。

死于火山

火山に死す

要说到罗马人对洗澡的喜好,那真是鼎鼎有名。不仅在大城市里有为一般市民开设的公共浴场,富裕市民还会在宅邸和别墅里设有冷水浴室[1]、温水浴室[2]、热水浴室[3]和蒸汽浴室[4]等,有的人家里甚至有带温水泳池的露台。而这个故事,就要从某个男人在某间宅邸里泡在浴缸里冒出某种想法的时候开始说起。这个男人就是《博物志》的作者盖乌斯·普林尼·塞孔杜斯。时间是公元79年8月24日。顺便一说,这天傍晚普林尼在斯塔比亚的朋友家泡澡这件事绝非出自我的空想,而是由他外甥小普林尼记述的史实。

普林尼泡在温水浴室的浴缸里,舒舒服服地摊开手脚,喃喃自语道:

"偏偏就在我第五十五岁生日的前一天维苏威山要开

---

[1] 冷水浴室指古代罗马公众浴场中用于冷水浸浴的房间。有些冷水浴池同时也作为游泳池使用。

[2] 温水浴室并不是字面意义上提供温水沐浴的浴室,只是充满了温热的空气,以使洗完冷水浴的沐浴者在进入热水浴室之前可以适应水汽的温度,同时,也使得沐浴者从热水浴室出来后不会马上进入寒冷的室外空气之中。在庞贝古城浴场的温水浴室里,墙边的长凳是以青铜制成,隔壁房间里的供暖热坑和火盆让这些长凳也可以保持合适的温度。

[3] 热水浴室的地板直接位于热水炉或供暖热坑之上。四周的墙壁也是空心的,里面充满了热空气。

[4] 蒸汽浴室中的温度比热水浴室还要高,里面没有浴池,只是充满了热水蒸汽。蒸汽浴室的主要功能是焗汗。此外也有仅有热空气的干式蒸气室。

始爆发,这到底是怎样的巧合呢? 简直就像是神在暗中操作,要让我生命的圆环闭合一般。"

　　两周前起开始笼罩在维苏威山顶上宛如不吉之兆一般的浓云,这两天刚刚被吹了个干净。但在 24 日正午,突然传来一声巨响,山顶冒起了一根仿若巨大松树的水蒸气柱。仿佛是一直以来被压制着的火山能量终于爆发了出来。这就是火山爆发的开端。之前虽然有人听到过地下有远雷般的响动,但火山开始爆发时,普林尼正位于距火山三十公里远那不勒斯湾以北的弥塞努姆,因此并没有听到。弥塞努姆的宅邸里除了他之外,还有他妹妹和妹妹的儿子——十八岁的外甥盖尤斯·塞孔杜斯在。首先是他妹妹冲进书房,告诉正在看书的他发生了异变。

　　"哥哥,不得了了。东边冒出来一堆难闻的烟……"[1]

　　1　小普林尼致塔西陀信:"我的舅父当时在弥塞努姆,受命指挥舰队。8 月 24 日 7 点左右,我母亲告诉他,说天空出现了一块面积和形状都非同寻常的云彩。当时舅父已经过日光浴,冲过凉水澡,用过午餐,正躺在卧榻上读书。他随即要了鞋,登上一个最便于观看那一奇景的高处。那块云是从哪座山升起来的,远处观看的人分辨不清楚——它是从维苏威山升起的,那是后来才知道的——论形状,与松树的树冠最相像。它像是被一株无比高大的树干举向天空,无数的枝条向四方伸展,我想那是因为它被新聚集的气流托起,在空气力乏之后无所依赖,或者甚至是因为自身的重量所制服,因而向四面消散,有时呈白色,有时乌黑混浊,好像是把泥土和尘埃一起裹挟而上。"见《希腊罗马散文集》,罗念生编译,湖南人民出版社,1985 年,第 384 页。

妹妹觉得难闻的烟,在他看来无疑十分有趣。他放下书,立即命奴隶拿来鞋子,爬上屋顶想要观测异变。他那人过中年大腹便便的身体爬上奴隶撑起来的梯子,很是费了一番力气。向东望去,确实有一根巨松般的云柱,上端分成几枝。风把云柱吹向南边,途经之处空中漂浮着大量的灰烬,天色都因此暗了下来。是维苏威山。这次比十六年前的喷发规模更大。几天前开始频频发生的地震,大概是这次喷发的前兆吧。普林尼兴奋得直打颤,判断了一下形势后,决定立刻奔赴现场。他命令奴隶赶到港口,尽快准备好快船。住在斯塔比亚别墅中的友人塔修斯·蓬波尼阿努斯的妻子雷克提娜写给他的信送到他的手中时,他正准备出发。

那不勒斯湾沿岸气候宜人的坎帕尼亚一带,是深受罗马贵族喜爱的别墅地。蓬波尼阿努斯家的别墅在那不勒斯湾南部突出的半岛根部,位于斯塔比亚城的海岸附近,背后临山,要避难就只能走海路。蓬波尼阿努斯的妻子雷克提娜在信里对普林尼说,火山喷发的危机迫在眉睫,希望他能派船前去救援。这样说是因为普林尼当时是集结在弥塞努姆港罗马舰队的司令,有自由动用罗马舰船的权限。

看过信之后,普林尼更加坚定了奔赴危险之地的决心。纵使没有救人的大义名分,他也一定无法克制住身为一个纯粹的博物学者的兴趣,想要靠近正在喷火的火山看看。虽然并没有看轻救人的任务,但此时他最关心的必定就是火山。至少在一开始的时候,他对事态并没有想太多。妇孺们一惊一乍反正是常有的事。

他在弥塞努姆岸边等待船只准备的时候,拾到了一个直径二十公分左右的海胆外壳。壳上的刺在海浪冲刷下已经脱落殆尽,让海胆壳看起来像是个美丽的摆件。这么大个头的也很少见,他想,正好可以拿来作为送给雷克提娜的礼物。

在弥塞努姆港乘上四层桨的战船,离开海岬行进到海上时,他开始意识到事态的严重超乎想象。平日里能看到远处由那不勒斯、埃尔克拉诺、庞培、斯塔比亚、索伦托连接而成的弧形海岸线,但此时那不勒斯海岸线被火山喷出的烟雾遮挡着几乎看不清。天昏地暗,紧跟着风向一变,灰烬开始降落到船上。不仅是灰烬,还有灼热的浮石和烧焦的小石头噼里啪啦地掉了下来。地震让海底隆起,船靠近海岸的时候突然搁浅在浅滩上。舵手万分惊惶地建议返航,但普林尼只是笑着挥挥手,驳回了舵手的意见,并说:"在自然因情欲发作而满地打滚、大地因发情而苦闷不堪的时候,我怎么可能不在旁边观察呢。而且,听好了,别忘了我们是要去救出遇难的人群的。"

在斯塔比亚港口人们聚集成群,正等着刮起顺风乘船出海避难。蓬波尼阿努斯家中,夫妻两人都被火山的来势汹汹吓得魂飞魄散。普林尼拥抱并亲吻了夫妻二人,努力装出兴高采烈的样子说:

"哎呀,真是一塌糊涂。头上身上全是灰烬。不管怎么说,先洗个澡。夫人,请帮我准备浴室。其他的事再慢慢考虑。"

就这样,他把自己肥胖的身躯泡进了蓬波尼阿努斯家的浴缸里。[1]

普林尼是于公元 24 年 8 月 25 日出生在意大利北部拉利奥湖畔的科莫,所以明天正好是他满五十五岁的生日。恰巧就在他生日前一天,一直按而不发的维苏威山开始了活动。这件事本身并没有什么特殊含义,只不过是单纯的偶然。如果他认为这种巧合有特殊意义的话,那只可能是因为他自己想要扯上关系。在他的意识里,想把自己的命运和火山联系起来。在年过五十之后,普林尼开始频繁地

---

[1] 小普林尼致塔西陀信:"蓬波尼阿努斯已经把行李装船,准备撤离,只等风向转变。当时对我舅父来说却正是理想的风向,他顺着风驶到那里,抱住惊慌失措的蓬波尼阿努斯,安慰他,鼓励他。舅父为了用自己的镇定减轻蓬波尼阿努斯的恐惧,便吩咐人把他抬进浴室。"见《希腊罗马散文集》,罗念生编译,湖南人民出版社,1985 年,第 386 页。

意识到自己的死。"虽然不打算像恩培多克勒[1]一样跳进火山口,但死于火山也不错。"他一边用手掌啪啪地拍着浴缸里的热水,快活地把这话说出了口。

　　为什么他会考虑这些事情呢?两年前他完成了毕生之作《博物志》的全部三十七卷,并献给了当时还没有继承帝位的提图斯·弗拉维乌斯[2]。也许是因为完成毕生之作后他迅速丧失了活力,也许是因为他一年比一年更加肥胖、一直被高血压的症状困扰。他自己也不太明白。从表面上看来他与年轻时毫无二致,在日常生活中仍然兴致盎然,好奇心和求知欲越发旺盛,想要享受人生乐趣的意识也越发强烈。但死的意识并未与这些旺盛的生存意愿发生矛盾,不知何时就已经盘踞在他心中。

　　1　恩培多克勒(前490年—前430年),公元前5世纪的古希腊哲学家,西西里岛的阿格里根特人。他的生平富神话色彩,相传他为证明自己的神性,投进埃特纳火山而亡,但是火山却将他的青铜凉鞋喷射出来,显示他的不诚实。另一个传说是他跳进火山,向门徒证明他的不朽,他相信他在经火之后会作为神回到人间。后世骚人墨客常以此为诗材。

　　2　提图斯·弗拉维乌斯·维斯帕西亚努斯〔41年(一说为39年)—81年〕,罗马帝国第十任皇帝,罗马帝国弗拉维王朝的第二任皇帝,79年—81年在位。提图斯以主将的身份,在70年攻破耶路撒冷,大体上终结了犹太战役。在他短短两年的执政期间,罗马却发生了三件严重灾害:79年的维苏威火山爆发、80年的罗马大火与瘟疫。他是一个在当时普遍受到人民爱戴的皇帝。

　　我可不想死得像塞内卡[1]那样，这是他的真实想法。也没有任何因素，会让他像塞内卡一样丧生。世上不会有另外两个人像他们这样生活方式截然不同的了。塞内卡，那个比他年长三十岁、生于科尔多瓦的斯多葛派哲学家，太接近满是阴谋的宫廷，太执着于物质上的财富与奢侈的生活了。而同时，他也太像是一个哲学家了。根据传闻，塞内卡是被尼禄皇帝强迫自杀的。割开手腕上的血管还死不了，又割开了脚腕和膝盖上的血管。他因剧痛而痛苦不堪，最后被搬到浴室里泡在热水浴槽中之后，死亡才终于降临。这种悲惨至极的死法，与他常常论述的"死正是从所有痛苦中的解放"的贤者哲学到底有什么关系呢？

　　普林尼并不是对这位哲学家表示蔑视，但他深知与自己生活相脱离的哲学是何等空虚。或者说，他不相信任何不能由现实得到保障的概念。就算是不得已而为之，但让原本应当是快乐源泉的浴场变成了痛苦的源泉，这是何等的错乱！他泡在浴缸中痛切地想。

　　如果说火山活动是大地的情欲发作，那么被牵连进去而死也不错。他会这样想，大概是因为哪怕只有万分之一

　　1　塞内卡（约前4年—65年），古罗马著名的斯多葛学派哲学家、政治家、剧作家。曾任尼禄皇帝的导师及顾问，62年因躲避政治斗争而引退，但仍于65年被尼禄逼迫，以切开血管的方式自杀。

的成分，他也想参与到自然的性活动中去吧。可能的话，我倒是想被淫荡的自然女神抱在怀里咽气。作为一名博物学者，从年轻时起就一直致力于如脱去娼妇的内衣一般剥去自然的面纱，终生以探寻自然的秘密为唯一的生活意义，这才是最符合身份的死法。普林尼胡思乱想着，不由得发出了短短的笑声。

这时，水汽蒸腾的温水浴室的门被打开，塔修斯·蓬波尼阿努斯赤身裸体地走了进来。他比普林尼年轻十岁，但已经是注定成为罗马政界高级官员的精英中的精英。他一屁股坐在奴隶搬来的青铜椅子上。

"在浴室里发笑，看起来你很开心啊。这场让所有人都心惊胆战的巨大灾难，看起来倒是让你乐不可支。"

"话不能这么说。天体和地球一旦出现异常现象，我就会兴奋起来。哪怕是下了一点雪，或是天空中有流星飞过，也都是一样。我从小就是这样。"

"真是个怪人。城里的基督教徒们都说这是世界末日。你是怎么想的？"

"谈到世界末日的不只有基督教徒。斯多葛派的那些家伙们，还有伊壁鸠鲁派的那些家伙们，从老早以前就一直在宣称，世界会因火而灭亡。西塞罗还不是一样说过。"

"所以说，我问的是，你对此是怎么想的。"

"我也说不准。判断这种事情可不是我能干的事。"

蓬波尼阿努斯像是赌气般地闭上了嘴。但他想了想，又语带讽刺地说道：

"那么，你能做的事到底是什么呢？"

"网罗自然的现象。你也许不知道，前些时候我献给提图斯皇帝的拙作《博物志》里，引用了上百位作家的两千本书里，多达两万项的自然现象。"

"这可真是了不得的学识。你是打算用那两万个项目把整个宇宙都网罗进来吧。"

"那倒不至于。不过，我不相信无限的概念。我相信宇宙终归是有限的。只要宇宙是有限的，那么无论是用五个原理进行说明，还是整理出两万个现象，归根结底都是一样的。因为只要宇宙是有限的，那么概念和物就是相对应的，其数量也应该是相等的。"

"这样一来，你所做的事情岂不是没什么意思？可以简简单单分成五类的东西，你却特意去找出来两万个。而且，这两万个是否正好能说明宇宙，谁也不知道。"

"确实如此。这一点我最清楚不过。眼下我就刚发现一个，正迫切地想要加到那两万个里去呢。你看看那座维苏威山。我从今天一大早就开始做详细记录了。你觉得还能有比那更激动人心的现象吗？那座山是淫乱的，和庞培的男男女女一样。它简直像是在诱惑我一般。"

"别开玩笑了。我们夫妻俩原本打算今晚坐船去避难的,就因为你实在是太悠闲了,连我都不由得一起进了澡堂……"

蓬波尼阿努斯的话还没说完,地震和地鸣就又开始了,也不知是今天第几次。连浴槽里的热水都剧烈晃荡了起来。蓬波尼阿努斯脸色苍白,嘴里喊着什么,慌慌张张地跑出了温水浴室。

普林尼也走出了温水浴室,移步到隔壁的露台。

这里是一个被八角形的柱廊包围的小小中庭。正中央有宽阔的泉水,洗完澡之后可以马上到这里泡泡冷水或游个泳。这原本是一处露天的泉水,后来修起了圆柱支撑的屋顶用以遮挡过于强烈的阳光。中庭铺的是马赛克,泉水边用大理石装饰。在八角形的柱廊外,香桃木、月桂树和无花果等树木正枝叶繁茂。

但此时,平日宁静祥和的露台和中庭景观完全变了样。火山不断喷出的灰烬和浮石几乎完全盖住了中庭的马赛克,庭院里的树木被压倒在地面上。所有的东西都盖上了灰烬。而且灰烬还在每时每刻不停地飘落着。时时传来浮石和石子打在屋顶上的声音。

从这里的露台原本可以在游泳时望到海面。当普林尼把视线投向海面时,他看到了这辈子绝无仅有的惨烈景象。

那不勒斯湾往下,正北面耸立着的就是维苏威山。从这里望去,这座山仿佛是飘浮在海面上一般。此时夜幕已经降临,山顶上流出的熔岩喷出赤红的火焰,奔腾的烟雾喷洒着细细的火粉,像是黑布上的金色丝线。火山像是被体内的冲动折磨得发狂,接连不断地喷出浓密的烟雾。那烟每一分每一秒都在膨胀、分裂、打旋、变形、上升,抵达一定高度之后就被风吹往别处。山体内部似乎正不断发生小的喷发,每次都会有电光撕裂浓烟,被照亮的烟团显得像是固体,又像是某种奇怪的雕刻作品一般。同时海水也在闪烁着。他觉得自己看到了不知羞耻的自然那延绵不绝的高潮。

普林尼光着脚站在马赛克地面上,失魂落魄般地眺望了好一阵子火山。

※　※　※

正如贺拉斯曾写道"牡蛎要选基尔刻产,海胆则是弥塞努姆产",[1]坎帕尼亚沿岸一带自古以来就是海胆的著名产地。我私下里钟爱的高卢罗马时代的拉丁诗人圣希多尼乌

1　语出贺拉斯的作品《谈话集》(*Epistles*)第二卷第四歌。

斯·阿波黎纳里斯[1]也写过：

Illud Puniceis ornatur litus echinis.

"为坎帕尼亚海岸涂上色彩的紫色海胆"，完全是技巧派的诙谐表现。这种在拉丁语里被写作 echinus 的对称性棘皮动物，在罗马人餐桌上的海产品中绝非罕见。甚至有种特殊的吃法，是将黄色的卵巢捣碎后制成啫喱状，用银色的容器端出来。

调任到弥塞努姆的海军基地后，普林尼每天睡完午觉都会去海边，在岩石间找采集海胆的少年购买他们的收成。他会当场敲碎海胆的壳，享受用手指挖出那黏糊糊带有甜味的卵巢大快朵颐的乐趣。而且一开吃就停不住嘴，总要吃上十个二十个。对于不看重奢侈的饮食和生活的他来说，这和已形成习惯每天不可或缺的洗澡一样，变成了他唯一的嗜好。

现在，他正赤身裸体地仰面躺在蓬波尼阿努斯家涂油室的床上，让奴隶往他身上涂香油。奴隶从犀牛角制成的

---

1 圣希多尼乌斯·阿波黎纳里斯（430 年—489 年），古罗马末期的诗人、外交家、主教。出生于今法国里昂，早年显贵，后进入仕途。西哥特人入侵时，他曾被囚禁，后被释放。

细颈香油瓶中撒出香油,利落地涂满他肥胖的身体。他一边享受着令人愉悦的按摩,一边用右手抚摸着出发前在弥塞努姆海滩上捡到的海胆壳。

这时,涂油室的门被细细地打开了一条缝,蓬波尼阿努斯的妻子雷克提娜露了个脸之后,又马上"啊"地一声缩了回去。见到一丝不挂光溜溜的普林尼,让她觉得害羞。

"哎呀,这可真是失礼。天气实在是太热了。"

普林尼霍地坐起身,把亚麻浴巾围在腰上,追着雷克提娜到了大厅。奴隶拿着就餐服慌慌张张地赶了上来。进入大厅后,普林尼说道:

"夫人,我都忘了我给你带了礼物。就是这个。"

他把拿在右手的棘皮动物那美丽的骨骼彬彬有礼地递到了她面前。

"哎呀,这是海胆的壳。好大个头。"

"正是。这东西的卵是我最喜欢的东西。况且,这个壳难道不是非常壮观吗?据说高卢人会拿它做护身符。"

"无论是发生了地震,还是山在喷火,只要拿着这个就都会平安无事,对吧。"

"正是。您真懂我。不仅如此,海胆这东西还是我人生的教师呢。"

"哎呀,海胆既没有眼睛也没有耳朵,这样怎么能做人生的教师呢?"

　　看着蓬波尼阿努斯这个刚满二十岁天真无邪的年轻妻子,普林尼突然想把自己那毫无头绪的梦想讲给她听。他把奴隶给他穿了一半的就餐服披在肩上,仿佛对火山喷发的危险迫在眉睫一事毫无察觉一般,兴高采烈地说道:

　　"确实,海胆没有眼睛也没有耳朵,不仅如此,它还没有四肢和头脑。看上去,它只是一种呆在昏暗的海底、完全被动、没有活力、活得像做梦一般的生物。但如果把它当成是下等生物,就大错特错了。仔细观察它就会知道,它会花上好几个月的时间,在自己的小小领地里旅行。它可不是人们所想的那样不活泼的生物,只不过除了必需的时候之外,它不会随意动弹而已。它不停地在旅行,不停地在捕食,但几乎完全不关心周围的世界。它只沉浸于自己的事情。"

　　"一定是个哲学家呢。"

　　"没错。至少和斯多葛派的那些家伙比起来,它厉害多了。因为对于海胆来说,自己生活于其中的理想和现实之间绝不会有矛盾。而且,您请看看这简单而精巧的海胆壳吧。就和它的生活态度一样,这也说得上是自然的杰作之一。"

　　直径二十公分有余、被雷克提娜亲手放到大理石桌上的海胆壳仿佛是神庙的穹顶一般,那毫无冗余的美显得格外突出。

"海胆的壳啊,夫人,就像是砖石造的拱门一样,是由细小的石灰质薄板毫无间隙地整整齐齐堆积起来的。这是一种穹顶结构,维特鲁威[1]证明过,这在力学上也是最为牢固的结构。而让我最为感动的,是海胆这种动物的构造,全都是基于五这个数字而形成的。您请看看这个孔。"

说着,普林尼把海胆的壳翻了个个儿,让它有口的腹部朝上。

"这个孔相当于它的嘴。原本长有牙齿,但已经脱落了。即使如此,这个孔仍然呈现出完整的五角形。从上面看时,可以看到以孔为中心有许多条放射线,其中有五条特别明显。无论是亚里士多德所说的提灯般的牙齿,还是我嗜好食用的卵,又或者是它的消化管,在这动物身上,所有的一切都是五个五个地生成的。海胆为什么会特别执着于五这个数字呢?关于这一点亚里士多德曾做过许多推理,但没能找到特别有说服力的答案。我也不知道。对于海胆

1　马尔库斯·维特鲁威·波利奥(约公元前 80 年或前 70 年—约公元前 25 年),古罗马作家、建筑师和工程师。他的生平年代主要是根据他的作品确定的。他写了一部《建筑十书》,并献给奥古斯都。这是一部用拉丁文写的关于建筑的论著,是目前西方古代唯一一部建筑著作。

来说,世界恐怕是由五个原理说明的最基本的东西吧。"

"五个原理,这么简单多好啊。"

"正是如此。夫人为何会和我的意见如此一致呢。实际上我就常常会这样想。刚才我说过,海胆是我人生的教师,您能明白这句话的意思了吧?"

雷克提娜笑着点点头,突然把话题扯到了现实的问题上:

"那么,就算世界因为地震和火山而毁灭,海胆在海底下是不是仍然能活下去呢?"

"大概能。常说世界会因为火而毁灭,但火不会影响到海底。至今为止地上的人类社会里,曾经有许多的文明兴起过又灭亡了。海胆没有值得一提的文明。因此,我想它们也没有灭亡一说。"

那么,就让我代替对近代的进化论一无所知的普林尼,更详细些来回答可爱的雷克提娜的这个问题吧。

海胆出现在地球上的年代非常久远,人类完全无法与之相提并论。海胆诞生于五亿年前的古生代寒武纪末期,至今为止经历了无以计数的时间,而人类在地面上活动的历史至多不过三四百万年而已。古生代的动物虽然大多都灭绝了,但只有海胆与地球历史一起经历过不断重复的繁荣与灭绝,穿越了茫茫的时间之河一直生存至今。在今天,不仅是在地中海的坎帕尼亚沿岸一带,它们默默地在从极地到热带遍布整个世界的各大洋里生息繁荣着。更加让人吃惊的是,五亿年前海底的海胆和现在的海胆完全相同。就如同最新式的汽车和飞机已经尽善尽美、在功能性外观方面无法再进行改良一样,海胆早在五亿年前就已经达到了进化的极限,形成了现在的形态。自那以后就再也没发生过变化。如果这都不能称为高等动物的话……

普林尼是生活在公元 1 世纪的罗马人,他并不具备地质学和动物进化的概念,因此也不可能像我一样,站在鸟瞰从五亿年前横跨至现在的时间轴的立场上进行论述。为了安慰雷克提娜,他只是这样说道:

"不会有事的。到了明天风向就会改变,我们就在那时候出发。今晚一晚上这屋子也不可能被灰埋起来。"

然后像是才想起来一般,这已过初老之龄的博物学者补了一句:

"我也是上了年纪了。明天是我第五十五个生日。"

"真遗憾。好不容易您到我家来做客,但却因为这事闹的,都没法好好庆祝。"

"没这回事。那座火山就是胜过一切的庆祝了。"

※　※　※

那天晚上普林尼在蓬波尼阿努斯家用过晚餐,在雷克提娜准备好的客房里好好睡了一觉。蓬波尼阿努斯夫妇出于担心,整晚未能成眠。但只要靠近普林尼睡觉的屋子,就能听到那响亮的鼾声。[1]

快天亮的时候,地上积了厚厚的一层火山灰和浮石。再呆下去怕是连门都打不开,很难到屋外去了。普林尼被喊醒,睡眼惺忪地到了外面。不,他已经习惯于夜里被喊醒,准是马上就打起了精神。

大地不停地摇晃着,建筑物一幢接一幢地倒塌。飘落的灰烬里混着浮石,人们不得不把枕头顶在脑袋上走路。[2]到了平时太阳升起的时候,这里却仍旧昏暗无光,仿佛被永远的黑夜笼罩。此时正值盛夏,天气非常热。在这闷热的黑暗中,火炬的光亮来来去去,人们一边哭号着一边逃命。

---

[1]　小普林尼致塔西陀信:"舅父若无其事地去休息,甚至沉沉地入睡了。从他房间旁边经过的人都听见他因身体肥胖而发出的深沉、响亮的鼾声。"见《希腊罗马散文集》,罗念生编译,湖南人民出版社,1985年,第386页。

[2]　小普林尼致塔西陀信:"大家把枕头顶在头上,用毛巾捆住,以防被石雨砸伤。"见《希腊罗马散文集》,罗念生编译,湖南人民出版社,1985年,第387页。

"您这是要去哪里啊？港口在这边呢。您疯了吗？"

背后似乎传来了雷克提娜的声音。但此时普林尼已经陷入了某种酩酊状态。他用鞋子分开及膝深的灰烬，一边径直盯着在昏暗的天空中远远地闪着光的维苏威山，一边由两个奴隶一左一右扶着，漫无目的地走。不久后，从脚下带有热量的灰烬中冒出了强烈的硫黄气味。[1]

关于普林尼的死因，自古以来曾有很多学者提出过很多假设。其中最合理的被认为是以下两种：一种认为普林尼死于硫黄蒸汽导致的窒息，另一种认为他死于中风发作。他体态肥胖，据说生来气管就狭窄，常常会喘不上气。尸体是在第二天，也就是 8 月 26 日早上被发现的。根据小普林尼的报告："完整无损，更像睡着，而不是已经死去。"

1　这一段几乎完全出自小普林尼的记述："在其他地方，白天已经来临，而在那里，仍是一片昏黑，而且比最昏黑的黑夜还要昏黑，尽管有无数的火炬和各种火堆在照耀。他们决定到海边去，实地观察是否可以启航，然而海上依旧是波涛翻滚。在海边，舅父躺在一块船帆上，不断地要人递给他凉水喝。火光和预示大火将临的硫黄气味终于迫使大家转身离开，舅父也不得不从船帆上起来。他扶着两个奴隶站了起来，但随即又倒了下去，我想那是浓密的火山气体阻碍了他的呼吸，堵住了他的气管。他的气管天生软弱、狭窄、常常犯病。"见《希腊罗马散文集》，罗念生编译，湖南人民出版社，1985 年，第 387 页。

女体消失

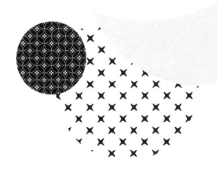

　　纪长谷雄，日语读作"Kino Haseo"。众所周知，他是和菅原道真[1]及三善清行[2]同时代的汉诗诗人、文章博士，是个学贯九流、艺通百家、为世人所尊重的人[3]。他在去世前官至中纳言，因此也被称为"纪纳言"。我从以前起就很喜欢纪长谷雄这个人。不过，要说这主要是因为我喜欢长谷雄这个名字的话，读者们大概会觉得很奇怪吧。

　　长谷雄这个名字并非随处可见，但也不是特别少见。在平安时代，就有人取名时会在末尾用上带点摩登感觉的"雄"字。时代往后走，到了室町幕府的时候，一直到最后都在抵抗幕府的南朝残党大和豪族越智氏里，有个人用过同样的名字，叫越智长谷雄。虽然一时想不出来，但只要肯找的话应该还有其他同名者。这些都无所谓，我会被长谷雄这个名字吸引，大概是因为这名字让我无意识中联想到了男根。男根在古时被读作"hase"或"ohase"，把"ohase"

　　1　菅原道真（845 年—903 年），日本平安时代的学者、汉诗人、政治家。长于汉诗，被日本人尊为学问之神。三十三岁时被任命为文章博士。醍醐天皇时晋升为右大臣，但受到左大臣藤原时平的谗言，被贬到九州太宰府担任权帅，后抑郁以终。
　　2　三善清行（847 年—919 年），日本平安时代的公卿、汉学学者。长于汉诗，曾同时兼任文章博士、大学头、式部大辅三儒职。七十一岁时升为参议，兼任宫内卿。
　　3　见于记述纪长谷雄轶事的绘卷《长谷雄草纸》："中纳言长谷雄学贯九流，艺通百家，为世所重之人。"

倒过来念就变成了"haseo"。我这种联想太离谱了吗？不，我可没在开玩笑。

在《古语拾遗》里有"宜以牛肉置沟口，作男茎（ohase）形加之其上"的句子，是"ohase"这种读法最古早的例子。和魔罗（mara）、阴核（henoko）一样，"hase"应该是阳物最古老的训读之一。

在《本朝文萃》的《铁槌传》里有"为人勇猛，能破权势之朱门，号令天下，谓之破势（hase）"的句子。这里是将阳物拟人化了，朱门不用说指的是玉门。

在藤原明衡的《新猿乐记》中，记有"野干坂伊贺专之男祭，叩蚫苦本舞；稻荷山阿小町之爱法，喜觗鲣破前（hase）"。[1] 在《土佐日记》中，也有类似的例子。蚫苦本为贝形的比喻，也就是指玉门。鲣破前（kawarahase）我也不知其意，应该是说某种鱼形似男根吧。标音方面，有时不标作"kawara"而标作"katsuo"——《群书类从》中作"kawara"，岩波思想大系收录时作"katsuo"。而"觗"这个动词今天已经完全被废弃了，这是指动物用鼻子推动东西的意思。这段话简单来说，讲的是住在京西的艺人右卫门家有个六十

1　这段里野干坂读作狐坂，即供奉狐狸的稻荷山。伊贺专指灵媒的老妇人，阿小町是指女人。

岁好色的老女人,在祭礼上表露出狂态的意思。

"hase"这个读音有时写作"破势",有时写作"破前",总归指的就是男根。值得注意的是,在平安时代的汉诗和汉文里,这种属于秽语的词汇,出现频率远远超出我们的想象。我想强调,王朝贵族们的性生活并不是那么高尚优雅的,倒不如说是猥亵杂乱,或是痴态百出,或者说更具有豪放的特质。因此我曾私下揣摩,纪长谷雄有没有意识到自己的名字是男根的意思呢?又或者,长谷雄身边吟诗作文的朋友们,会不会把这件事拿来当作笑话呢?

长谷雄这个名字原本是有正式由来的。根据《三国传记》记述,他是父亲贞范向长谷寺祈祷得来的儿子,于是就起了这个名字。意思是长谷观音恩赐的孩子。长谷雄也就理所当然地跟着信奉长谷的佛恩。根据《江谈抄》和《今昔物语》的记述,他在死前曾因想要大纳言的地位而向长谷寺祈愿过。不过,不管由来如何,本人的信仰又如何,"hase"这个读音会让我联想到破势或破前这一点不会改变。而且我觉得,他本人应该也想到过这个问题。

有趣的是,长谷雄在《杂言奉和》所收的七言诗序文中自称为"发昭",在《菅家文草》里作"发韶",而在《江谈抄》里作"发超"。这几个词可以读作"hassho"或是"haccho",也可以省略促音读作"hasho",算是通"haseo"的发音。如果以发昭为准,将长谷雄读作"hasho"的话,那就和意指男根的"hase"在发音上相差甚远了。任何人听到都不会联想起男根。将自己的名字利用音读和训读转换成中国式的变名,这种做法叫作"反名",是当时文人间的流行趣味。因此我觉得在长谷雄使用变名这点上,没必要追究有没有特别含义。因为觉得自己的名字羞于见人而使用变名,我并不觉得长谷雄是这样的人。

不管怎么说,作为后世一个才学浅薄加心血来潮的读书人,我只是觉得"haseo"怎么看都跟"ohase"有关,而"ohase"倒过来就是"haseo"。这大概应该称作是妄想吧。又或者是固有观念呢。

※　※　※

在后世的故事里,纪长谷雄常常成为怪谈的主人公。在这方面,他的角色与同一王朝时代的文人吉备真备[1]、小

1　吉备真备(695 年—775 年),日本奈良时代的学者、公卿,曾两次任遣唐使,官至正二位右大臣,明治时追赠为勋二等。吉备真备学识广博。《扶桑略记》中说,因为他才智过人,大唐十分爱惜,多方挽留不许回国。真备于是秘"封"日月,致使十日之内,天下时展"怪动"。唐人占卜,才知是日本国留学生因不能回国,以秘术"封"了日月。于是皇帝特下诏,准予回国。《江谈抄》中有他在阿倍仲麻吕鬼魂的帮助下,一夜精通《文选》、一夜学会围棋等传说。

野篁[1]、都良香[2]或者是源博雅[3]相当。他自己曾写下《纪家怪异实录》一书，说不定在世时，他在这方面的造诣就特别深厚，能感受灵异。灵异，用现代的话来说就是超常现象。其中虽然少不了碰到鬼或见到灵能之人之类的情节，但也有色情意味浓厚的故事，确实符合"haseo"之名。美丽的绘卷故事《长谷雄草纸》就是其例。我在前面提到过我很喜欢长谷雄，其理由之一就是这部绘卷故事。

我不打算把《长谷雄草纸》的内容原封不动地重述一遍，但也不打算胡乱润色。我只是打算扔掉我认为多余的部分，从某个场面以后改改主旨。至于会写成什么样子，现在的我也不知道。总之先写写看好了。

某天傍晚，长谷雄正要进宫。突然来了一个目光炯炯的陌生男人，看起来非同寻常。那人这样说道：

"我无聊得紧。想玩双六，却没有对手。能和我技艺相

1　小野篁（802年—853年），平安时代前期的官吏、汉学者、歌人。遣隋使小野妹子的末裔，参议小野岑守之子，官位是从三位参议。异名"野相公""野宰相"，因其反骨精神也称"野狂"。

2　都良香（834年—879年），平安时代前期文人。官位为从五位下文章博士。

3　源博雅（918年—980年），平安时代贵族及雅乐家，有"雅乐之神"之称。他的职位最高为非参议从三位皇后宫权大夫，因此被称为博雅三位。他是管弦名手，同时也擅长围棋。《今昔物语》中许多与乐器乐谱有关的故事都和源博雅有关。

当的对手,想来除了大人外也没有别人了。因此虽然情知无礼,也还是贸然来拜访。"

这人真怪异,长谷雄在心里想道。他觉得试试看也挺有趣,于是仍然警惕地问道:

"嗯,这倒也有趣。那么,在哪里玩呢?"

"这里多有不便。如果您愿意的话,还请您到我那里去。"

受到邀请后,长谷雄既没有乘牛车也没有带侍从,孤身一人穿着打算进宫的全套朝服,跟在男人身后走到了朱雀大路北段的尽头、宫城正门的朱雀门下。男人仰望着城门说道:

"请爬到这上面去。"

"我这样子可不容易爬上去,麻烦你拉我一把。"

"知道了。"

爬到楼上面对面坐下后,男人拿出双六的棋盘和骰子筒,说道:

"那么我们来赌什么呢? 如果我输了,就给您奉上绝世的美女吧,无论是面容还是身姿还是性情,无一不让大人由衷感到满足。如果大人您输了的话,您能给我些什么呢?"

"哦,那我就把我所拥有的财宝,一个不剩地都给你吧。"

"很好。那我们就来下一局吧。"

于是对局就开始了。我画蛇添足地说明一下，当时的双六和现在的双六有很大差异，是用黑白各十五颗棋子，放在两列各十二格的棋盘上。骰子筒里装两颗骰子，根据骰子摇出的数目移动棋子。哪一方的十五颗棋子率先全部进入对方的阵地就为获胜。在棋子不断前进的过程中，根据相当复杂的规矩，可以吃掉对方的棋子或是被对方吃掉。它也被称为博戏，不折不扣地是一种赌博。

不知怎么回事，越玩长谷雄的赢面越大。男人在懊恼不已地把身体探到双六棋盘上方、狠命地用骰子筒敲打棋盘的时候，不知不觉中终于露了本性，变成了可怖的鬼怪模样。不过形势已定，长谷雄心里想，就算对方是鬼，自己赢了就是赢了，把对方想成是老鼠的话就不觉得可怕了。

最终漫长的对局以长谷雄的胜利告终。男人变回人类的形态，叹了口气说道：

"哎呀哎呀，真是对不住。不应该出现这种事的。我还真是输惨了呢。日后我会送上说好的赌注，请您不要忘了。"

于是两人从朱雀门上爬了下来。这时已经完全天亮了。

长谷雄自己也觉得害臊，约定的日子一到他就开始心浮气躁。屋里做好了迎接客人的准备,他等得坐立不安。
到底会出现什么样的女人呢?

深夜,那男人陪着一名仿佛会发光般的美女来到了长
谷雄面前。女人跟在男人身后低着头,只能看到她的侧脸,
确实是个远超自己想象的美女。她穿着樱袭的裳唐衣 1,
黑发长长地拖在身后。长谷雄格外兴奋地说:

"这女人你是要马上给我吗?"

"那是当然。既然我双六输了,那么按照约定,现在就
献给您。今后也不会要您还给我。不过,从今夜算起,请务
必在百日之后再行亲密之事。如果在百日之内出手,必将
招致让您悔恨莫及的结果。"

"我知道了。一定照你说的做。"

男人就这样回去了,而长谷雄狐疑逡巡、懊恼不已的日
子,就是从这个时候开始的。

一开始,长谷雄觉得自己像是做了一场梦。在他相信
了鬼所说的话之后,左思右想下,又觉得这事好得不对劲。
首先,对方可是鬼。鬼所说的话,真的能毫无保留地相信
吗?那女人看起来虽然像是出身高贵的美女,但那真的是

1　公家女性的正装。在朝廷出仕的女官的朝服称为女房装束,
因为是在日常服的袿上又加穿了裳和唐衣,因此又称为裳唐衣,十二
单是其俗称。樱袭是十二单的袭色之一,指表白里红的配色。

人类的女性吗？说不定是狐狸变成的呢。如果稀里糊涂地与其交合，保不准就会被吸走精气，最终衰弱至死。被化成美女的狐狸吸光精气而死的愚蠢男人，不管是唐朝还是本朝，不都已经有过很多例子了吗？

不，就算不是狐狸，也很有可能不是正经出身的女人。搞不好是在京西出没的艺妓或娼妇，要不然就是河阳的游女，干这行的女人被鬼教唆到我家来了。无论怎样装成品格高尚的贵族女子，只要剥掉那层假面具，马上就会露出怪物的本相来。又或者是背着朝廷偷偷在街头巷尾卖淫的内教坊的妓女或是采女？如果是这样，倒是有办法应付。不对不对，怎么可能。古来都说鬼是坚守誓约的。虽然不知是哪家的小姐，但一定是出身高贵的贵族女子。这样想才对。

长谷雄像是养了只珍稀动物——比方说唐朝进口的鹦鹉或是孔雀般，自从那天他把女人安置在远离主屋的泉殿后，就开始了整天徘徊于那一片的生活。他从庭院里的树木间偷窥时，那女人总是端正地坐在幔帐后面，丝毫不见露出破绽。这让他深感惊讶，甚至一度怀疑她是不是个活人，会不会是个没有生命的人偶。

某次，长谷雄亲自抱着双六的棋盘和骰子筒，走过长长的走廊来到泉殿，绕过矮台从格子门后面对女人说：

"你每天一个人不觉得无聊吗？偶尔也来玩玩双六如何。"

没有回应。

"喂喂，听到没有。我说来玩双六吧。如果你不会的话我可以教你。"

就在长谷雄这样说的时候，格子门另一侧传来了冷淡的回答：

"我不想玩。你很吵，快走开。"

那声音美丽得无以言喻。长谷雄茫然若失，差点把双六棋盘掉在了矮台上。他没有实际听到过迦陵频伽鸟的叫声，但据说它在蛋中时叫声之美就已经远胜百鸟。迦陵频伽的声音想必就是这样吧，长谷雄想道。听到声音他感到心满意足，就这样离开了泉殿。

又有一次，发生了这样的事情。女人总是用桧扇小心地遮住脸，或是端庄地坐在屏风及幔帐后，不愿意露面。长谷雄发觉自己一次都没有从正面看过女人的长相，不由得心生烦躁。在某个夏夜里，他决定去偷偷看看女人的睡相。反正他一想到和女人睡在同一个屋檐下，就觉得十分介意，每天晚上辗转反侧睡不着觉。

长谷雄爬起身，拿着纸烛蹑手蹑脚地走上了漆黑的走廊。他一边走一边嘟哝着："我又没有做坏事，那是我的女

人。是我赢了双六以正当的权利从鬼手里得来的，是属于
我的女人。只不过约好了一百天以内不碰她而已，往后我
想怎么样就怎么样。既然总归是我的东西，我去看看她的
长相有什么不对的？有什么好战战兢兢的？"就这样他走
过长廊，来到泉殿，悄无声息地打开了板门。

他把纸烛举到头上照了照，立刻就看到了女人睡下的
位置。她枕旁围着屏风，脚边放着双层架。大概是因为天
气炎热，女人出人意料地毫无防备，身上只穿了生绢的单层
衣裳和袴，没有盖被子。她的脸朝向自己，正安睡着。她那
数量惊人的黑发越过枕头四处流淌泛滥，小而白皙的脸像
是漂浮于黑发的河流上一般。在纸烛的光线中看清那张白
皙的脸庞后，长谷雄差一点惊叫了出来。

那是一张娇嫩欲滴的年轻面庞，几乎还是个童女。但
也有十四五岁了吧。鼓囊囊的脸颊仿佛桃子一般，两颊之
间小小的红色嘴唇紧紧地抿着。睡着时低垂的浓密睫毛，
给双颊添上了朦胧的阴影。眉毛漆黑浓密，有如远黛。这
要是睁开了眼睛，又会添加上怎样的眼瞳魅力呢。真正像
是画中的蛾眉婵娟一般，长谷雄想道，这世上大概不会有比
这更可爱的面庞了。

长谷雄觉得自己看到了不该看的东西，又蹑手蹑脚地
回到了主屋，难以入眠。他给灯架点上火，坐在文案前陷入

了沉思。虽说夏夜短暂,但在天亮之前还有的是时间。

　　长谷雄不是有名的花花公子,但对女人也有着一般水准的经验。他既游说过因咏歌而闻名的后宫女官,也曾与在著名的大臣死后受戒出家的女尼发生过关系。他曾把用金钱就能买到的游女和艺妓召进屋,尝试那更加刺激的情事,与丑恶只有一线之隔。因此,虽然并没有彻底泯灭对女人身体的幻想,他却万万没有想到,事到如今自己还有能气血上涌、浑然忘我的这种情况。他曾暗地里想过,无论是具备怎样的偃仰养气之姿、琴弦麦齿之德、龙飞虎步之用的女人,总归不过是五十步与百步的差异而已。

　　作为当时水平最高的知识分子,长谷雄精通各种舶来的汉文书籍。为了自身的享受,曾有一段时间他特别热衷于研究房中术的书。房中术——也就是爱的艺术,在这方面的文献收集长谷雄自负完全不劣于典药寮。现下在他的架子上和众多典籍卷轴及册子摆在一起的,就有随遣唐使的船只舶来的《玉房秘诀》《玄女经》《洞玄子》等书的珍贵抄本。以前他曾经常拿在手上,沉浸其中彻夜阅读,但近来已经很久没这样做了。他觉得到了最后,这些书在内容上总是大同小异,纠结于意义不大的细枝末节。他意识到,性的理论和性的实践一样,看来也是有其界限的。

　　长谷雄摇摇头,想把在纸烛的光线中看到的童女幻影从自己脑子里赶出去，但这个动作却让那怪异的幻影更深地烙印在了脑海里。他苦笑着想，我还以为我早就脱离这种烦恼了呢，没想到在意外的地方栽了跟头。

他心血来潮地从架子上的典籍里抽出《玉房秘诀》，随意翻开读了起来。

"欲御女，须取少年未生乳，多肌肉，丝发小眼，眼精白黑分明者，面体濡滑，言语音声和调而下者，其四支百节之骨皆欲令没肉多而骨不大者，其阴及腋下不欲令有毛，有毛当令细滑也。"

正读着这些平平淡淡的文章时，长谷雄股间的阳物突然毫无预兆地开始鼓胀起来。不过是三四下脉动，就已经挺立胀大蹭到了下腹。对于已经年过中年的他来说，这是近年来很少会有的情况。

长谷雄解开下裤的带子露出胯部，看了看自己身上那愤然变了颜色、带着弧度震颤不已的--部分，感到无可奈何。它如同孤峰一般陡然挺立于毛中，不打算轻易平伏下去的。

无奈之下，长谷雄挺着自己的阳物在主屋和厢房间漫无目的地晃来晃去。眼下如果有个洞他就会迫不及待地插进去，不巧的是屋里没有那么合用的洞。他又想到吹到外面的风之后说不定能萎缩下来，于是趁着夜里漆黑一片走到了矮台外。但不知为何，这东西一旦雄起就难以萎缩。

他伸手扶在栏杆上望向黑暗，远远地能隐约看到泉殿的位置。那里有那个女人在，长谷雄想。那里有一名少女，裤下有着未经开发的琴弦麦齿，正睡得安稳；这里有一个男人，正安抚着无处发泄的铁槌，烦闷得彻夜难眠。一想到这里，长谷雄就觉得这世界简直是不合情理。

※　※　※

就这样过了二十天、三十天、四十天。其间长谷雄曾多次想办法接近那女人，但每次那女人都应对得体，使他未曾遂愿。他从未忘记过鬼的忠告，也从未想过用甜言蜜语或暴力侵犯女人。他只是试着拿双六、筝、琵琶这些无伤大雅的游戏话题来跟她搭话。但女人像是对游戏毫无兴趣。

一到晚上，去泉殿偷看女人睡相的欲望就会难以抑制地在长谷雄的脑海里冒出来。女人在白天那样小心翼翼地挡住脸不给人看，不知为何却不曾考虑过，睡相有可能会暴露给男人。在睡着的时候，羞耻心也会消失吗？还是说，她为了挑逗男人的欲望而故意让人看到睡相呢？女人的态度让人越想越不明白，难以理解。

在近距离看到女人的睡相之后，长谷雄的想象力无边无际地膨胀了起来。与此同时，近来无法随心所欲的阳物的运动也变得活泼起来。在无法成眠的夜里,长谷雄在脑海中恣意想象着裸体少女的千姿百态。房中术所提及的体位,根据《玄女经》所述有九法,根据《洞玄子》所述有三十法。把这一法一法悉数套用在少女赤裸的身姿上,一百两百天绝不会让人觉得漫长。就算是更淫乱、更不知羞耻、更离经叛道的体位,对那个看起来像是童女的女人也一定很适合吧,长谷雄这样想道。

这时候他终于注意到了某种悖论。正因为他无法与女人接触、与女人保持了一定距离,他的妄想才得以自由奔放地发挥,阳物也才能运动得如此生机勃勃吧。这样说来,鬼所禁止的百日时间,正是保证快乐之花不至于枯萎、随时都能保鲜的必经步骤。如果当时马上就和女人接触,那么快乐之花大概早就枯萎了,而且不能再次复活。长谷雄觉得多亏有了鬼的禁令,自己才得到了一朵奇妙的快乐之花。

与此同时,长谷雄想起在房中术的书中读到过"鬼交"这个可怕的词,感到有些不安。他重新翻了翻书,在《玉房秘诀》中有如下记述:

"采女云:'何以有鬼交之病?'彭祖曰:'由于阴阳不交,情欲深重,即鬼魅假像,与之交通。与之交通之道,其有胜于人。久处则迷惑,讳而隐之,不肯告人,自以为佳,故至独死而莫之知也。'"

根据彭祖所说,被鬼迷住的人会与像——也就是幻影交合,而且与幻影交合时,快感会比与人交合时强烈得多。因为这种强烈的快感及事后的罪恶感,人们往往对此避而不谈,甚至一直到死都不为人所知。因为那太过强烈的快感,身心瞬时为之憔悴。

难道那女人是鬼所创造的类似人类形态的幻影吗?那仿若迦陵频伽的玲珑之声,那桃子一般鼓囊囊的面颊,那流水一般丰厚的黑发,难道是没有实体的、烟雾流水一般的东西吗?如果是这样的话,那偷看幻影之女的睡相后,在脑海里幻想她赤身裸体的姿态,甚至让阳物随心所欲地勃起的我,难道不是在以幻影的幻影为对象吗?幻影的幻影。这也应该称之为鬼交吗?长谷川甚至考虑到了这种经院哲学般的层面上。

就这样过了五十天、六十天、七十天。然后是第八十天。距离鬼所说的百日之期,剩下不到二十天时间。

在第八十天夜里,长谷雄又循例偷偷举着纸烛来到泉殿,享受着偷窥无邪睡脸的快乐。这时,一个从未有过的新鲜念头突然出现在他脑海里。他想道,女人既然睡得这么香,那我解开她的衣服,偷看一下她下半身的秘所,大概也不会被发现吧。只是看看,应该不至于打破与鬼的约定。之前为什么没想到这点呢,简直是不可思议。

这世上大概不会有比女房装束的下半身更加不知所谓的东西了。张袴下有下袴,这个袴和袴之间还有各种带子绳子缠在一起,极为纠结复杂。当时不用被褥,白天所穿的衣服和晚上所穿的衣服基本相同。长谷雄气喘吁吁,额头冒汗,在和层层叠叠的丝绢搏斗的过程中,不知不觉就头脑一片空白,眼前冒起了金星。女人不知是否有所察觉,但她那贝壳般轻轻阖上的眼皮一次也没有张开过。

长谷雄不知羞耻的手终于剥开了女人的衣服,她那暴露在光线下的下半身只能用玄妙的光景一词加以形容。

圆润的小丘上长着若有若无的莎苗,小丘平缓的斜面没入双腿之间,形成了一个幽深的山谷。双腿并拢还能看到山谷中的溺孔,这是少女未经人事的丹穴向前倾的证据。即使不张开双腿,只要用手稍稍拨开,就能从溺孔间看到桃色的鸡舌吧。

看着看着,长谷雄觉得自己喉咙发干,眼前发晕。他想着这样可不行,凝神贯注,两手轻轻插入女人的双腿间,猛地左右分开。朱门就在他眼前咫尺之处,可以看个通透。于是他看了。

令他吃惊的是,女人的身体像是突然变透明了一般,朱门里还有朱门,然后里面仍旧套着朱门,仿若稻荷神社的鸟居,朱门层层叠叠向内无限延伸。这女人的朱门到底有多少层结构？长谷雄简直无法想象。

幻影的幻影。这个词又从长谷雄的脑海边缘闪过。哪里是幻影，哪里才是实体？就算通过一重朱门，或者通过两重朱门，看来也无法接触到女人的实体。实体是在无限远的深处吗？那么对女人出手一事，到底是指突破朱门到哪一层的意思呢？

长谷雄在脑子里不断转着混乱的念头，同时在下袴里用右手轻轻握住了自己已经灼热挺立的阳物。他解开下袴的带子，露出了阳具。管他和鬼约定过什么，要确定幻影的界限在哪里，就必须把这东西塞进朱门里。他下定决心，不管三七二十一地骑到了女人身上，试着用阳锋轻轻地去突破第一道朱门。

突然，阳锋碰到了某种冰冷的东西，让长谷雄不由自主地悚然一惊。不，不仅仅是阳锋，长谷雄的袴也好直衣也好，不知何时全身都浸透了水。女人的身体消失了，全都化成了水。已经没有任何幻影及实体了。只有女人刚才还穿着的衣服湿淋淋地塌在了草垫上。

三个骷髅

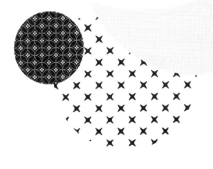

作为平安中期声名无与伦比的阴阳博士,不仅在贵族社会中隐然行使神怪之力、还主动接近摄政关白家权力的安倍晴明,有一说认为他其实是当时秘密警察的首脑人物。如果晴明是秘密警察的首脑,那么传说中人眼不能见、如他手足一般在暗中活动的式神,就应当是组织的核心成员,即忍者一般的别动队员了。原来如此。这样一来,宽和二年六月二十二日夜,十九岁的花山天皇[1]在藤原道兼的唆使下潜出宫门,徒步前往元庆寺,第二天早上毫无留恋地抛弃天皇的地位剃发为僧一事,《大镜》中记载身处土御门自宅的晴明事先知情,这就可以理解了。晴明能根据天象变化预知该事件,也许并非其他,而是因为他本人就参与了藤原兼家一家的阴谋,为天皇离宫做好了准备。

所谓的秘密警察,自然不必想象成今天的 CIA 或 KGB那样的巨大组织。京都的范围并不大,山科的元庆寺算是偏远地方,离宫城也只不过十几公里路而已。在各处关键地点布置人手,对于秘密警察的首脑来说,应该不算难事。除了晴明的手下之外,源满仲的家臣也曾偷偷地护送天皇一行,这一点得到了当代历史学家的承认。

1　花山天皇(968 年—1008 年),日本第六十五代天皇,984 年—986 年在位。

　　提出这种假说后，安倍晴明在神怪方面的威信会一落千丈。我对这一点并非不感到遗憾。就算不故作神秘，我心里也仍然希望晴明是个超然于政治世界之外、专心于学问与魔术的黑暗世界的统治者。

　　不管怎么说，如大江匡房在《续本朝往生传》中指出的，那个时代优秀人才辈出，令人惊讶。匡房列举了二十个领域内八十多人的名字，在这里我不打算一一提及。我只想特别举出上宰(大臣)中的藤原道长、九卿(公卿)中的藤原公任、和歌方面的曾祢好忠、阴阳方面的安倍晴明、学德(学僧)中的源信之名。一方面有道长这种极端明朗的现世掌权者，另一方面也有晴明这种仿佛是统治黑暗面的魔王一般的神怪人士。被柳田国男推举为顾问之祖的曾丹亦即曾祢好忠，也是那个时代里具备特殊才能的人。虽然不具备武力，却在文化史上声名远播。而在这些闪若繁星般的人物背后，隐隐浮现出匡房未曾提及其名的另一个人物白皙神秘的面孔——那就是可被称为那个时代的最大奇葩的花山院。这一点让我觉得很有趣。

　　如果说，纯粹的天皇这个概念在日本历史上的某一点得以成立，那么我认为花山院正是概念的具体体现。自己辞去天皇之位的天皇，虽身为天皇却自然而然地从天皇之位溢出的天皇。十九岁剃发为僧，为院二十年过着与权力毫无关系的法皇生活,他那短暂的人生不管怎么看都极为不合情理。而他那不合情理的行动却又确实符合天皇的概念,这大概也是一个悖论吧。他那种疯狂,那种奇行,那种好色乱伦,那种风流,那种一心一意的佛道修行,这一切足以成为院——也就是比天皇更符合天皇概念——的无垢人格的具体体现。搬弄文辞来说的话,花山院也许是日本历史上唯一一个可冠以"自我否定的天皇"之名的人物。不过,再写下去就没完没了了。关于花山院,我那无边无际的思绪就此打住,还是写点具体的事情吧。

关于花山院奇特行为的故事,从他那极为混乱的女性关系到他的异装癖,他对马奇特的偏爱,或是让猴子骑在狗背上满城跑,或是在贺茂祭时指使身边的大童子和中童子 1 把参议藤原公任坐的牛车搅得乱七八糟,等等,要多少有多少。在这里我想例举的,是下面这两个故事。

其一是宽弘三年十月五日,他父亲冷泉院居住的南院失火烧毁后,花山院前去探望时所穿的服装。根据《大镜》记述,花山院骑在马上,斜戴着"顶上镶有镜子的斗笠"。

在神仙道或道教起源的信仰中,镜子有某种魔力,能在妖魅接近时照出其隐藏的本相。在《抱朴子》的《登涉篇》

1　在日本侍童的级别中,大童子为最高一级,中童子次之。

里,就曾建议入山修行的道士们携带直径九寸以上的明镜;[1]而在日本的山间修行者之间,古来也有入山时背上镜子的习俗。即使如此,去探望火灾时带镜子,这还是像谜语一般不可解,我们不知该如何解释这种行为。也许就像是织田信长年轻的时候在腰上挂着葫芦一般,花山院并无他意,只是想穿着奇装异服惹人注目而已。我觉得说不定这种解释才更接近真相。不管怎么说,在花山院的头上,镜子曾在阳光下闪闪发光。

另外一桩是在长德三年四月十七日,前面所说的贺茂祭胡闹事件的第二天,花山院在身强体壮的年轻侍从陪伴下再次驱牛车前往紫野时佩戴的装饰品。同样是《大镜》的记述,花山院的脖子上挂着奇特的念珠,那念珠"以许多小柑子为珠穿之,以大柑子为达摩之数珠,甚长,自指贯而出"。

把小蜜柑用绳子穿起来,中间还点缀着大蜜柑作为隔珠,这种新奇的念珠极长,花山院把它同袴一起垂到了牛车外面。可以想成是长得拖在地上的项链。他这样做,也许是出于某种理由,但我更愿意相信,纯粹是出于对外形上的

---

1 《抱朴子·登涉》:"又万物之老者,其精悉能假托人形,以眩惑人目而常试人,唯不能于镜中易其真形耳。是以古之入山道士,皆以明镜径九寸已上,悬于背后,则老魅不敢近人。"

关心，花山院才会选取这种形态的装饰物。这可说是以新鲜水果为材料的崭新构想吧。我几乎可以确信，在花山院的性格中有偏好新奇材料的倾向。被串成一串、光泽怡人的黄色蜜柑，被嵌入斗笠后戴在头上的镜子，并无任何实际意义，只是作为一种新奇材料，在春天的阳光下被映照得格外美丽而已。

用柑橘类果实当装饰品，并非全无前例。大伴家持在《万叶集》第十八卷中，关于田道间守从常世之国带来的橘实有过这样的句子："果实方下垂，穿缀如念珠。且捥手臂上，百看总不足。"[1] 只是，家持大概并没有果实念珠的概念，也不曾有过这种拖得长长的、一直垂到牛车外的构想吧。

《大镜》中"这花山院正可谓风流者"的评价经常被人引用。花山院后来确实如罗马的佩特罗尼乌斯[2]一样，曾作为"趣味的裁判者"被以道长为中心的宫廷人士尊重，并且作为当时画家和工艺家的赞助人，他也曾经提供过大量

1　大伴家持：《桔歌一首并短歌》。见《万叶集选》，李芒译，人民文学出版社，1998 年，第 229 页。

2　盖厄斯·佩特罗尼乌斯·阿尔比特（27 年—66 年），罗马抒情诗人与小说家，生活于罗马皇帝尼禄统治时期。讽刺小说《萨蒂里孔》（Satyricon）被认为是他的作品。

新奇的点子。所谓风流者,似乎是指观点新奇的人或善于规划的人。比方说赛诗会会场用的沙洲盆景,这种把自然景观缩小后的装饰物本身就会被称为风流。所谓风流,也指具备风流意趣的物体本身,像珠玉、假花、镜子、家具、器皿之类。还有风流车这样的说法,这是指在贺茂祭时使用的装饰得色彩斑斓的车,就像是今天祇园祭的山车。也就是说,风流车是指用各种新奇材料装饰而成的观赏用车。

花山院那垂挂着蜜柑念珠的观赏用车,想来也算是一种风流车。而做出这种行为的花山院那作为风流者的性格里,我们应当认为包含有偏好新奇材料的倾向。

※　※　※

这是在花山院住进东院、他那广为人知的奔放男女关系开始一桩接一桩地发生时的事情。花山院自小患头风,他曾为此非常烦恼。特别是在下雨的时候,烦恼就更加严重,用尽了各种医疗手段也没有什么效果。

头风是什么呢?根据《五体身分集》所述为"头痛,目眩,面肿",又有"风起天阴之时,越发头痛鼻痛"。《素问经》里有"千病万病,无病非风"的说法,可见当时认为所有的病都源于风。头风这种病的实际情况我们并不知道,不过,当它是某种偏头痛就好了。花山院这样性格不安定的

知识分子,在阴雨连绵的季节里经常会发生偏头痛。既然药石无用,那花山院的脑袋和鼻子肯定是很痛的。

这种情况下,只剩下最后一种手段。也就是召唤阴阳博士安倍晴明,用占卜查明烦恼的原因。

晴明推定出生于延喜二十五年,这时应该已经是年过七旬的老人。但是看上去,他显得并没有那样老迈。就像是从三十多岁的壮年直接跳到了七十多岁的老年一般,头发全白,脸上的皮肤却没有皱纹,甚至带有陶器一般的光泽。他的眼睛亮得惊人,而他的声音则是年轻的女高音。不光是年龄,在他身上就连性别也不甚分明。

花山院并不知道,十年前晴明曾和藤原兼家一门声气相通,参与过把他从天皇宝座上拖下来的阴谋。但晴明并不觉得自己背叛了花山院。晴明对这个深具艺术家气质的法皇很有好感,觉得自己把他从满是欺诈与背信的宫廷里救了出来。晴明认为,花山院这样无垢的灵魂应当远离宫廷。

祭祀过泰山府君,斋戒沐浴之后,某天晚上晴明观察了天象,慎重地用式盘进行了占卜。然后他拜访了东院,来到卧病中的花山院面前,这样禀报道:

"诚惶诚恐。吾皇的前生曾是唤作某某的小舍人。此人虽然曾在七岁时被马踢过,但终生甚为爱马。因此功德,今生才转生为天子。"

听到晴明说的话,立刻就有一个至今为止从未回想起过的记忆,仿佛是从深深的井底浮现出来一般,出现在花山院的眼前。那是自己七岁时站在清凉殿东庭眺望着从左右马厩里被牵出来的马匹时的情景。七岁的花山院非常喜欢马,但跟在身边的女官牢牢地牵住了他的手,让他无法凑到马身边。只是这样一个场景,仿佛是无限幽远的空间中漂浮着的一张画,模模糊糊地投射在花山院的脑海中。

此时,晴明的女高音打断了花山院的回想:

"然而,这名小舍人死后的骷髅现今掉在竹林里一处洞穴中。每当下雨的时候,生长的竹根就会扎进骷髅,由此吾皇便会感到头痛。其他方法难以医治,只要能取回这骷髅,置于安稳的场所,吾皇的病必会康复。骷髅所在的地方就在近旁。"

"是吗?这样的话,我就让人去那里把骷髅找出来,厚葬了吧。"

花山院垂头丧气地答道,望向竹帘外庭园一角围栏处的石竹。花山院亲手播种种下的石竹披着初秋微薄的日光盛开着。

晴明的占卜所言非虚,在他指示的地方确实有一个七岁孩子的小小骷髅。把这颗骷髅净化并供在架子上之后,花山院剧烈的头风突然就无声无息地痊愈了。

过了一年,头风又开始像以前一样发作,这让花山院感到困惑不已。晴明的占卜是不容置疑的,但这执拗的头风会不会别的原因呢?

于是晴明又被召来要求占卜。当然,晴明不会拒绝。他对自己的占卜抱有绝对的自信。他相信即使占卜的结果与现实背道而驰,那也只是因为人类终究无法理解毫无瑕疵的星宿运行,从而导致了自相矛盾的结果。

某天,晴明拜访了东院,再次禀报如下:

"诚惶诚恐。吾皇的前前生曾是唤作某某的后宫女官。此人虽然曾在十六岁时身患赤疮,但终生虔诚敬佛。因此功德,前生才转生为男子。然而,这名女官死后的骷髅现今被乌鸦衔于树上。每当下雨的时候,雨点就会穿过骷髅,由此吾皇便会感到头痛鼻痛。"

听到晴明说的话,花山院突然觉得自己陷入了无依无靠的情绪中。那是一种自己的存在突然变得暧昧不明、十分不安稳的感觉,但又隐约带有一缕会招致罪恶感的快感,是种很难说清的奇妙的意识状态。这样说来,在很久很久以前,自己似乎确实曾是一个女人,而且是个年轻的后宫女官。花山院一边摇着头一边模模糊糊地想着。

于是突然,就像是头壳内部冒出一个气泡一般,花山院的记忆中突然有一个场景苏醒了过来。那是舍人和女藏人

们正在把极尽精雕细绣的文案、计数台、盆景等搬进华丽的
赛诗会会场时的情景。连赤红的石竹盆栽都被搬了进来。
女官们的呼喊声传来。花山院觉得自己正站在大厅一角,
打量着被搬到自己眼前的盆景。

　　实际上,这个沙洲盆景是此时十六岁的花山院亲手制
作的,以镜为水,置沉香为山,山上竖着一个用三月三日的
草饼做成的法师像。镜之水里有船,山上有房子,房侧有
树,树上停着杜鹃。这一切都用金银琉璃制成,工艺品则是
找工匠订制的。但只有用草饼做成的法师像,是花山院的
独创,他觉得这应该算是独出心裁的作品。一想到自己精
心制作的作品马上就要被公布,被许多官员、殿上人和女官
们投以赞叹的目光,他就觉得满心雀跃。此时,以咏歌而闻
名的右近将监藤原长能 1 走了过来,问道:

　　"这可是个有趣的沙洲盆景。小姐,这是你做的吗?"

　　"是的。"

　　羞怯然而又喜不自禁地做出回答的正是花山院本人。
这时花山院正是一名天真烂漫的十六岁女官。不,好像确
实是有过这种事,看来自己的上上辈子真是个女人。

_____

　　1　藤原长能(949 年—约 1009 年),平安时代中期的歌人,中古
三十六歌仙之一,活跃于花山院歌坛。官位为从五位上伊贺守。

长能似乎非常中意这个沙洲盆景,兴趣盎然地围着它看了一阵子,然后提笔为停在树枝上的杜鹃在色纸上刷刷写上了"都城有故人,时时待君归,沉眠不觉醒,杜鹃鸣枕边"的句子。这种场景像是被写进存储装置的数据一般,一个接一个地浮现于花山院的记忆中。

接着,晴明的女高音再次轻易打破了花山院的回想:

"容我重申一下。要让吾皇的病情康复,除取回这女官的骷髅置于清净之处外,别无他法。骷髅所在的地方就在近旁。"

花山院又派人去找出了十六岁少女纤细的骷髅,按照晴明所说的,放在架子上诚心供养。同时,曾经困扰花山院的剧烈头风就又戛然而止了。

有第二次就有第三次。此后过了几年,当头风又开始困扰花山院的时候,他已经不再感到惊讶了。对于自己那埋没在无边无际的黑暗中的前生,他反而生出了想探究个清楚的心思。顺着轮回的链条追溯,自己究竟能从存在到存在探究到多远,完全无法想象,能感到某种莫名的恐惧。自己上辈子是小舍人,而上上辈子是后宫的女官,那么再之前的上上上辈子,自己又是什么样的人呢? 真想知道。

被召唤而来的晴明,那不曾老去而灼灼有光的眼神中,似乎带上了些许悲哀的神色。他虽然常常自命为包括过去未来的整个黑暗世界的统治者,但此时他才深切地感受到,自己实际上连碰都碰不到那个世界。他只能观察合乎规则的星宿运行,得知事件的预兆而已。预兆终究不过是预兆,和事件本身无法完全一致,也无法抵达事件本身。他只不过一直追在事件的屁股后面跑而已。

晴明来到花山院面前,提高了声音禀报如下:

"诚惶诚恐。吾皇的前前前生曾是唤作某某的大峰山修行者。此人虽在二十五岁的时候落入熊野的山谷圆寂,但曾在瀑布下修行千日。因此功德,前前生才转生为高贵的女官。然而,这名修行者死后的骷髅现今已落入岩石间。每当下雨的时候,岩石含水膨胀便会压迫骷髅,由此吾皇便会感到头痛。"

一听到熊野这个词,花山院的耳边马上盈满了丰沛的雨水声音,就像是真正听到了雨声一般。那是正历三年,也就是花山院正值二十五岁之时,第一次进入熊野山深处时的生动记忆。

虽然是白天,但杉树下一片昏暗。倾盆大雨透过厚厚的枝叶不断滴落下来,花山院的白净衣、狩衣、兜巾和绢制的袈裟都湿得能透见皮肤。不仅是花山院,随行的入道中纳言义怀、入道左大弁惟成、入道民部卿能俊、元清阿阇黎和惠庆法师也都各自撑着手杖,浑身透湿地默默走着。岩石路上长满了青苔,草鞋屡屡打滑。雨滴顺着脸颊往下流,又从下巴上滴落下去。

走在最前面的入道中纳言义怀回过头来,按捺不住问道:"瀑布还没到吗?"

一名引路人回答道:"还没到。还有三里左右。"

"刚才也说是还有三里,净是鬼扯。"

在花山院的记忆中,这些场景像是一格一格的胶卷般,没有前因后果,只是无休止地持续着。无论到什么地方都是无边大雨,整个场景都像是笼罩在蒙蒙水雾之中。

等到那智瀑布终于出现在眼前时,响起了遥远的雷鸣。雷鸣越来越响,紫色的"之"字形闪电斜斜地撕开了天空,其亮光清晰地投射在瀑布下的水潭里。天空和水潭仿佛被闪电连在了一起。

这时,脚下的岩石震颤着,花山院看到一条龙顺着闪电从天而降。这是他第一次看到龙,但一点也不觉得可怕。白银的龙鳞闪耀着,龙瞬间没入水潭,又顺着闪电向天上飞去。

"你们看到了吗?那确实是龙对吧。"

"不,眼睛都花了,什么也没看清。只看到一道妖异的光劈开天空,没入水潭。"

但随即就发现在光亮消失后,岩石上留下了三件宝物,证明那确实是龙。那是如意宝珠一颗,水晶的念珠一串,及九孔鲍贝一枚。龙一定是为了花山院才降临的。

九孔鲍贝是什么东西呢？按照字面解释就是有九个孔的鲍贝，在日本极为罕见，又名千里光，据说食之能长生不老，可以当作是种仙药。近代学者大概会指出"有九个孔的不是鲍鱼而是小鲍鱼"，这种观点我们姑且忽视。

得到三件宝物后，花山院是怎样做的呢？他进行了供养，为了末代行者，把如意宝珠供于石室内，念珠供于千手堂，鲍贝投进了瀑布下的水潭里。后来白河院巡幸的时候，无论如何都想要看看这枚鲍贝，曾令渔夫潜入水潭。据说贝壳有伞那么大。到底是在水潭里长大的，还是一开始就有这么大，这就不知道了。

在花山院把鲍贝投入水潭前，从他手上的贝壳里突然滚出来一件东西。是鲍珠。

花山院把这颗幽蓝发光、直径一寸有余的鲍珠放在手掌上仔细查看。越看越觉得这东西像人类的头盖骨，像骷髅的微缩模型。诸位读者可能知道，在巴洛克的珍珠里也有形似骷髅的。

花山院想，这该不会是自己遥远的前生的骷髅吧。顺着轮回的链条回溯，远古时代的自己究竟是怎样的人，以今生之身是很难想象的。这鲍珠的头盖骨很小。如果不是神仙的话，人类不可能有这么小的头盖骨。但大小如何，这种情况下有什么意义吗？花山院在水潭边淋着雨，一直思考着这些问题。一边思考，一边再三打量着这颗小小的鲍珠。

"吾皇似乎已从头风的烦恼中解脱，安眠于沉睡之中。我差不多也该退下了。愿这安详永伴吾皇身边。"

晴明嘴里边嘟哝着边退了出去。花山院毫无知觉地继续沉睡着。

正如晴明所愿，从此以后花山院的头风就偃旗息鼓，再也没有发作过。花山院因此得以无忧无虑地沉溺于女人轮番更换的爱欲生活中，其作为风流者的情趣生活也越发充实。就这样过了十年，终于到了花山院四十岁的时候。

某天，花山院打开三个架子的门，从里面取出了三颗骷髅。事隔已久，他想到要召集僧侣举办法会，为这三颗骷髅进行祈祷冥福的供养。

拿出来一看，这三颗骷髅都长大了一点。花山院怀疑自己的眼睛，以为是自己看错了。怎么可能会有这种事？已经死去的骷髅怎么可能会长大？但毋庸置疑的是，三颗骷髅每一颗的容积都有所增长。

刚刚亲眼确认，花山院的头突然剧痛了起来。那正是他再熟悉不过的、十年前头风的疼痛。"真是纠缠不休，还打算来折磨我吗？"他咧着嘴，不由自主地出声咒骂。可是，这又是对谁的咒骂呢？

　　事隔十年被召唤而来的晴明应该早就年过八旬,接近九十岁高龄了,但他看起来依旧年龄不明,张口是响亮的高音。虽然有两个童子牵着他的手,但他的步子走得很稳。只是那双眼睛里,带上了以前从未有过的、无法掩饰的达观神色。他紧紧地闭着眼睛。

　　"诚惶诚恐。"晴明用单调的声音说道,"吾皇的前前前前生曾是本朝第六十五代天皇。而且那位陛下十九岁便剃发出家,成为法皇,曾在叡山熊野专心修行佛法……"

　　听着晴明的声音,花山院的眼前慢慢地转为一片黑暗。他不知自己听到了什么,自己身处何处。意识渐渐远去,自己的身体像是漂浮在无边的空间中。他觉得自己就这样在空间中漂浮了成千上万年。这时,花山院自身的意识已经消失了,完全不见了。如果还有意识存在,那也已经不是他的意识了,而是别人的意识了。是作为别人而产生的一个意识。

　　晴明睁开紧闭的眼睛,看到自己眼前坐着一个七岁左右聪明伶俐的男孩子,嘴角不由得露出了微笑。他的精神上还留有余力,看到这孩子时还能露出微笑。

※　※　※

　　"赖朝公十四岁时的骷髅"——落语里众所周知的这一节我从孩童时期就很喜欢,也经常用这个主题进行自己喜欢的各种变形和幻想。

以大头而闻名的赖朝死于五十二岁,因此他十四岁时的骷髅应该是不存在的。可是,如果没有十四岁的骷髅就没有五十二岁的骷髅,而五十二岁的骷髅也应该包含有十四岁的骷髅。原本五十二岁的骷髅不过是一个偶然的结果,假如赖朝活了更长时间,那现今存在的五十二岁的骷髅就不会存在,而是会被更高龄的骷髅吸收。不对,人类既然是作为一个有机体活着,骷髅也就应当是时时变化的,只要没死,骷髅就不会是固定的形状。

不光是骷髅,会成长的所有有机体的部分都具备我前面论述的关系。然而我在看到人类的头盖骨时,会觉得这种关系特别突出有趣,果然还是因为我们是终将死去的人类吧。至少我在博物馆里看到猛犸的头盖骨时,不会有这种感觉。

我在前面夸夸其谈地讲了半天的内容,说不定就是从另一个角度对我们自古以来就已经知道的"物哀"情绪的表达而已。我曾在意大利方济嘉布遣会的教堂 1 里看到过

---

1 方济嘉布遣会,或称嘉布遣兄弟会,是天主教的男修会。修会为方济会之分支修会,成立于 1520 年。在意大利罗马的嘉布遣圣母无玷胎教堂地下室里,存放该修会四千多名修士的遗骨。该教堂位于威尼托街,靠近巴贝里尼广场。

成千上万个人类的头盖骨，而鸭长明和兼好法师不用特意
到外国去，就能在荒野中看到随处散落的骷髅。

花山院的每一首和歌都颇具孩子气，我大都不喜欢，但
只有一首特别喜欢。就拿这首和歌来作为这篇文章的结尾
吧。这首和歌收录于《续拾遗集》第十八卷：

> 长夜漫漫，不知始终，梦中所见，不知几世。

在《续词花集》中记作"梦中所见，不知几事"，有点不
同。我当然觉得前者要好得多。

金色堂异闻

　　昭和五十四年五月，我起兴到奥州的平泉走了一趟。

　　从上野坐了五个小时特快列车后，我在东北本线平泉站前两站的一之关下了车。[1] 早上就开始淅淅沥沥下个不停的雨仍不见停，没带伞的我只能光着头在车站前排队等出租车。出租车非常少，怎么等也等不来。最终在排了近三十分钟后，我的兴致已经败光了，把一肚子火都撒向了出租车司机。

　　"简直不像话。这城里到底有多少辆出租车啊？"

　　"多少辆倒是没数过。不过，三个月前出租车公司的工会刚搞了一次罢工要求涨薪水。我们这些没参加工会的就被召集起来救场。现在实际上能动的车确实是不多。"

　　"这可麻烦了。我打算今晚在严美溪住一宿，明天去平泉来着。这样一来，要在住处订车就困难了。这可怎么办？"

　　"巴士倒还是有的，上午有两趟。客人，要不我给您找辆车，叫他明早到严美溪您的住处去接您怎么样？"

　　"啊，这可帮了我的大忙。"

　　"客人是从东京来的吗？"

―――――――――

　　1　特快线路只停大站，在平泉这种小站是不停的。离平泉最近的特快停车站就是一之关站。

"不，是从镰仓来的。"

此后司机就没有再开口，沉默了下来。

我突然想到，该不会是镰仓这个词坏了事吧。距今八百年前，将平泉繁荣昌盛了三代的藤原政权毁于一旦的，正是源氏的栋梁、镰仓幕府的赖朝。平泉和镰仓的关系在第三代当主秀衡还活着的时候，就因为平家和木曾义仲的过节而处于微妙复杂的对立关系中。这两家可以说是无法并存的宿命对手。可不管怎么说，那也是遥远的八百年前的事情了，我既不是源氏的子孙，坐在我前面的司机也不可能是藤原氏的后裔。把司机心情不好的原因归结到镰仓头上，大概是我想太多了。我想，首先，司机到底在想什么我就不知道。

车开到了严美溪的住处。

严美溪位于一之关城区以西八公里处，是磐井川中段的溪谷。溪谷两岸的流纹岩被急流冲刷，隆隆巨岩上生出了无数个瓯穴[1]。实际上我决定在这儿住上一晚，就是为了这种瓯穴。瓯是指凹形瓦器，这个词让我特别感兴趣。

1　瓯穴又称锅穴、壶穴，是在河流上游经常出现的一种地理特征。由于雨水令河水流量增加，带动上游的石块向下游流动，当石块遇上河床上的岩石凹处无法前进时，会被水流带动而打转，经历长时间后将障碍磨穿，形成一个圆形孔洞。

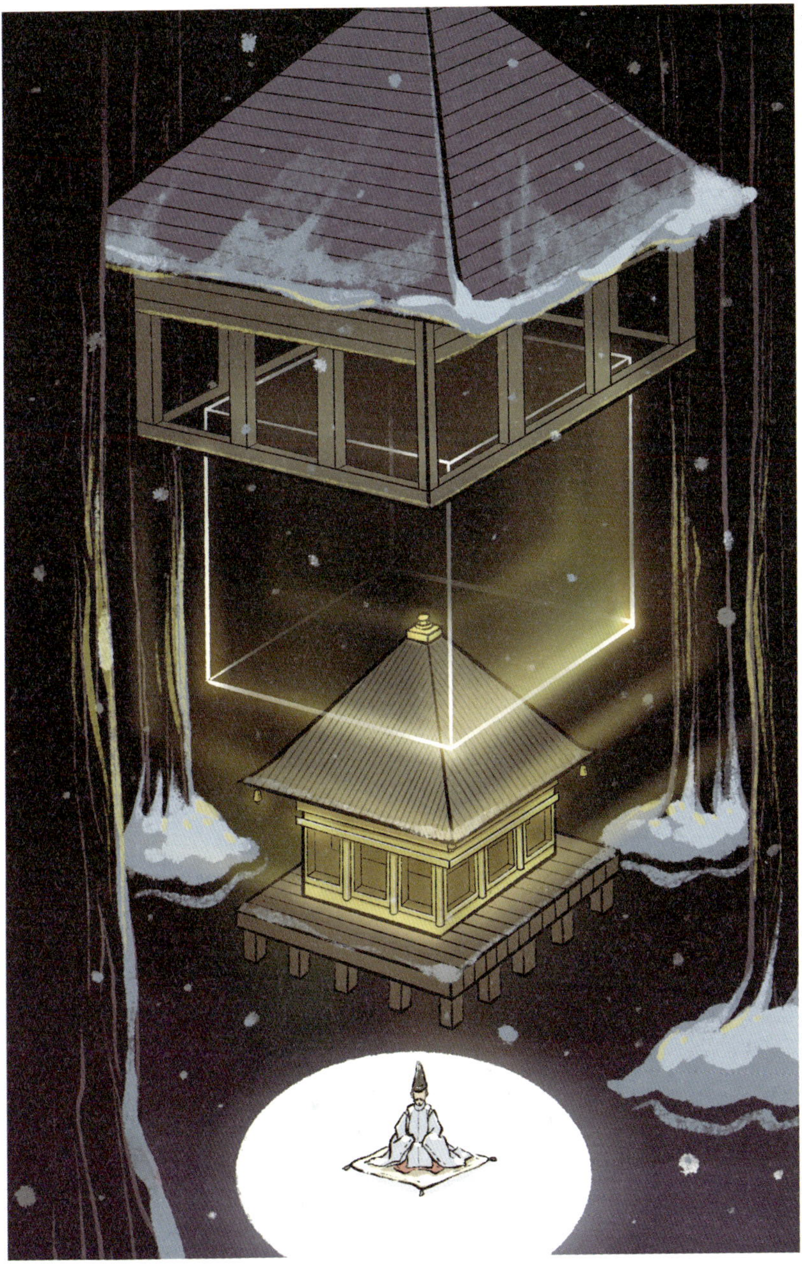

反正是要住一晚的,比起住在平泉或一之关的城里,我觉得住在能看到我喜爱的瓯穴的溪谷边会更有意思吧。想是这么想,不过时间已经是晚上,所以这天什么也没看到。

第二天早上,前一晚的雨停了,碧空如洗,正是五月的东北地区常常会有的天色。

住处的玄关前停了一辆车门半开着待客的出租车。这一定是昨晚的司机帮忙找的车。

驾驶席上坐了一名六十岁上下的男性,一只手正放在方向盘上。不是昨天那个司机。他穿着以前流行过的驼丝锦西服,带着白手套,鼻子下面蓄有胡须,神态庄重。说得夸张一点,就是给人以威风凛凛的感觉。我不由自主地想到了"族长"这个词。这男人恐怕是出租车公司的管理层人员,因为罢工的关系临时被喊来当司机的吧。我还什么都没说呢,车就这样出发了。

在前往平泉的路上会经过达谷窟。坂上田村麻吕征讨虾夷时,虾夷的首领恶路王据守之处就是这个石窟。石窟是开在悬崖上的毗沙门堂,形式完全仿造据传为田村麻吕所建的京都清水寺。石窟侧面有一座巨大的大日如来像浮雕,只有脸部,胸部以下已经崩坏。我仰望着这座东北地区少见的摩崖佛像时,一起下车的司机抽着烟凑了过来。

"传说这尊佛像是镇守府将军源赖义用箭头雕出来的。

不过这话完全做不得准。那种没教养的男人，怎么可能跑去雕什么佛像。"

我吃了一惊。这男人对乘客还真是什么话都敢说。

车开到了平泉町边上的毛越寺。这是藤原家第二代当主基衡兴修的寺庙。据说这里以前曾是规模极为宏大的寺院，曾有堂塔四十余座、禅房五百余间。但在多次遭遇火灾之后，现在只剩下以菖蒲盛开的大泉池为中心的净土庭园遗迹了。五月透明的风飒飒作响，吹皱了宽阔的池面。草丛中处处留下了金堂遗迹的圆形基石，让人对已经不复存在的古代巨大建筑物的形象浮想联翩。这才是这座已经荡然无存的寺庙的最大价值吧。我觉得这是座很好的寺庙。正因为什么都没有，所以才好。但司机又笑嘻嘻地说道：

"基衡那家伙拼了命地也想超越中尊寺的成就。当然，这也是出自他对宇治的恶左府赖长[1]的对抗意识。他曾在京都方面暗中下手，花钱如流水，这些都留下了不少记录。但在格调上，毛越寺终究还是比不上中尊寺。差不多看够

1　藤原赖长是日本平安末期的公卿，久安五年即 1149 年叙从一位左大臣的官位。在政治上他与兄长关白藤原忠通对立，在父亲藤原忠实的支持下力主恢复旧仪、整肃纲纪，因其个性苛烈、不知妥协而被称为"恶左府"。后来因为失去鸟羽法皇的信任而失势，在保元之乱战败后失意而死。

了吧。咱们走吧。接下来的路就不用坐车了,走着去比较好。我来给您当导游好了。"

我虽然对司机的自说自话感到有些生气,但也并不打算反对。不知为何,这位老人从容不迫的态度和举止、自信满满的断定语气,让我一边生气,一边觉得有种异样的魅力。我们弃车步行,开始往平泉站的方向走去。

也许是因为五月长假刚刚结束,路上几乎看不到游客。平泉这座城安静得惊人。樱花早就掉光了,但晚开的八重樱还在山坡上绽开,再加上连翘、杜鹃、紫丁香、木槿花等,简直像是整个东北的春天涌了上来。面对眼前这一幅闲适的景致,如果不开口说话简直就会昏昏欲睡。

"正面这座山是因西行法师的和歌而为人所知的束稻山,"老人指着山说道,"根据《吾妻镜》记载,安倍赖时在那座山上种满了樱树。但才不是这么回事。那些樱花都是我让人种上的。"

我心下愕然,心想这男人会不会是疯了。居然跟疯子扯上了关系,我想。不过也没办法,走一步是一步吧。而且换个角度来看,这事也挺有趣的。

在抵达空空荡荡不见一名游客的平泉站后,老人说了声"失敬"就冲向了车站里的厕所。我也跟在他身后,和他站在一起解了个手。老人的小便时间长得吓人。后到的我倒先完了,早早离开了便池,老人还顽固地杵在那里。从背后看去,他出人意料地是个身材微胖、个子不高的人。看着老人溜圆的后背,我心中闪电般冒出一个念头,冲口而出:

"难道说……该不会……你就是藤原清衡大人吧?"

在小便结束之前,老人没有做任何回答。我感到这充满悬念的时间格外地漫长。

最终老人转向我,一边慢慢地拉上裤子的拉链一边说道:

"没错。我就是散位藤原朝臣清衡。"

果然如此,我高兴万分,忍不住马上就要提问。于是我急切地问道:

"那么,中尊寺的金色堂中,中央须弥坛里藏着的木乃伊到底是谁的木乃伊呢? 如果木乃伊这种说法你觉得不礼貌的话,那就改成遗体。"

"等等,让我们边走边说,慢慢来。听说你是从镰仓来的。话说在前面,我对镰仓没有任何遗恨。违背历史必然的潮流才是愚不可及的行为。对平泉感到难以释怀的,反而是以赖朝为首的那帮镰仓武士吧。《吾妻镜》因为是镰仓幕府的记录因此做不得准,但只有在这一点上,他还是不小心吐露了心声。不过,这些事就算了。我要告诉你的是我最重大的秘密。"

我们从平泉站前出发,经过横跨中尊寺大道的铁路人行道口,首先去看了伽罗御所的遗址,接下来又去看了柳之御所的遗址。前者曾经是秀衡的住处,后者曾经是清衡的住处,现在都已经空无一物,只是在民居成排的路边孤零零地竖起了一块石碑。

接下来我们还去了无量光院的遗址。这是三代家主秀衡兴修的寺庙,据说是模仿宇治的平等院所建,曾是极为豪奢的建筑物。无量光院背后就是铁道东北本线。我们坐在可能曾是净土庭园遗址的石头上,眺望了一会儿中央有座小岛的水池。不,那里已经不是水池了,里面有农夫穿着长及大腿的胶靴,正开着机器耕种稻米。净土庭园变成了水田。

这时,坐在石头上的老人突然低声说道:

"你知道尸解这回事吗?"

"尸解?完全不知道。"

"就像蝉脱壳一样,魂魄脱出肉体,这在神仙道中被称为尸解。"

"啊,这个我倒是知道。"

"对吧,我就说你没可能不知道的。实际上,我在生前就已经服下金丹,得了仙道。我在大治三年,七十三岁的时候实施了尸解之法。陆奥自古被称为'黄金之花盛开之地'，黄金产量极高，从这附近的北上川和衣川的砂矿中能采集到极为优质的沙金，这些事想必你都知道。黄金产出如此丰沛的国家，怎么可能不进行金丹的研究呢？我不仅召来了宋的道士，还从遥远的北方尽头肃慎挹娄[1]的海民中招来了道士，私下里长年献身于神仙道的研究。连那位弘法大师不都说过'今当授汝不死仙术，告汝长生秘法'吗？不死的仙术、长生的秘法，这正是神仙道首要的目的。"

"这样说来，昭和二十四年进行学术调查的时候，曾从你那被金箔包裹着的棺材里发现了一块重达三十二克的金块，那也是与神仙道有关的东西吗？"

"正是如此，那是金丹的象征。那无非是显示我服下金丹、魂魄已入仙籍一事。对于我来说，黄金这东西就是不死仙术的象征。不过，参加学术调查的学者里，似乎没一个人看出这点。"

"原来如此，这样一来我就渐渐明白了。"

"根据葛洪[2]的岳父鲍靓[3]的说法，尸解之法有两种。

1　肃慎和挹娄在古代都曾被用来指生活在东北的通古斯民族。

2　葛洪（284年—364年），东晋道教学者，著名炼丹家、医药学家。字稚川，自号抱朴子。三国方士葛玄之侄孙，世称小仙翁。曾受封关内侯，后隐居罗浮山炼丹。著有《肘后方》等。

3　鲍靓，汉司徒鲍宣之后。兼学道教和儒典，明天文、《河图》《洛书》。迁南阳中部都尉，为广东南海太守。曾入海遇风，煮白石充饥。

用刀剑的为上尸解，用竹木的为下尸解。就举那位壶公[1]
的弟子费长房[2]为例吧，他就曾用一根青竹巧妙地掩藏过
踪迹，是个地道的仙人。他将仙丹溶于水中，用毛笔饱蘸仙
水在刀剑或竹木上写上太上太玄阴生之符，再往床上一放，
在俗人眼里看起来那就像是死去的人一般，而本人就可以
偷偷溜出门了。被视作是我临终之日的大治三年七月十六
日正是夏天最热的时候，但我的遗体久不腐坏，还被人怀疑
过。因为那根本就不是我的遗体嘛。那个木乃伊可不是我
的尸体，只不过是把舞草的刀[3]而已。"

"舞草的刀？那是什么东西？"

"你不知道吗？从这平泉往东一里的地方有个叫舞草
的部落，古代曾住着专事刀剑锻冶的一群人。我钟爱的蕨

1　壶公，东汉时期的卖药人，传说他常悬一壶于市肆中出诊，市
罢辄跳入壶中。北魏郦道元《水经注·汝水》云："昔费长房为市吏，
见王壶公悬壶于市，长房从之，因而自远，同人此壶，隐沦仙路。"

2　费长房，汝南人，曾为市掾。传说从壶公入山学仙，未成辞归。
能医重病，鞭笞百鬼，驱使社公。一日之间，人见其在千里之外者数
处，因称其有缩地术。后因失其符，为众鬼所杀。事见《后汉书·方
术列传》。《神仙传》云："费长房学术于壶公，公问其所欲，曰：'欲观
尽世界。'公与之缩地鞭，欲至其处，缩之即在目前。"

3　现在的日本刀的原型是在平安时代完成的。在当时东北地区
的长期内战中，主流刀型是没有弧度的直刀。而据说初创有弧度的刀
型的，就是在一之关附近制刀的锻冶工匠集团舞草。这种刀在当时被
称为舞草刀。

手刀 1 就全都是舞草的锻刀工匠打造的。而舞草的刀就被
我用在了尸解之法上。它在俗人眼里看起来是木乃伊,但
实际上并不是木乃伊,只是一把刀而已。"

"然后,你就顺利地升了天。时至今日为止,活过了八
百多年漫长的岁月。"

"正是如此。"

"这样说来,你还挺年轻的呢。怎么看都不像是已经九
百多岁的人了。"

"地上的八百年对于仙人来说不过是八十天而已。而
且,仙人的年龄越长,就会越来越返老还童。"

我们从石头上站起身,继续慢慢蹓跶起来。走了一会
儿,道路右侧出现了写有"高馆遗址"的标识。

"虽然脚可能会有些累,但高馆还是应当爬上去看
看的。"

既然老人都这样说了,我也就只好无可奈何地一边喘
着粗气,一边一步步地爬上了这座据传是源义经丧命之处
的高馆之丘。老人不愧是得了仙道的人物,不喘气不出汗,

---

1 蕨手刀,日本刀的种类之一。在古坟时代末期的 6 世纪到 8
世纪以日本东北地方为中心被制造。7 世纪后半在东北地方北部作
为陪葬品。因刀把的把头如同蕨类一样而得名,刀茎与刀身一起锻
造,刀刃部分较细。

坦然自若地迈着步子,而我在抵达山顶之前,则不得不好几次停下来擦掉汗水并调整呼吸。

从山丘上眺望出去的景色真正是雄壮美丽。眼前是北上川曲曲折折地绕着弯从北流向南。河岸对面一整片都是平坦的水田,到了地势向上倾斜的地方,就顺势连上了平缓的束稻山。另外一边的远处则是从栗驹山到烧石岳的奥羽诸山,顶着白雪在阳光下闪闪发光。虽然我出了一身大汗,但幸亏照老人所说的爬了上来。

"你看,那里能看到北上川分流出去的衣川。产出沙金的就是那一带。北上川以前曾被唤作日高见川。据说在金色堂仍在熠熠生辉的时候,北上川里的鲑鱼会被迷了眼睛从平泉向上游溯行。不过这种事在世上倒是常见得很,我记得在普林尼的《博物志》里也有过类似的记录。"

"啊,这个我知道。是塞浦路斯岛上的铜山的故事。说是给大理石狮子像装上祖母绿的眼球后,祖母绿的光线一直照到了海底,因此鱼儿们聚拢了过来的故事吧。话说,我以前不知道清衡大人你对西方的《博物志》也这么了解呢。"

"只不过是因为活了这么多年而已。在我下令写成的中尊寺的落庆供养愿文里有这样一段:'一音所覃,千界不限,拔苦与乐,普皆平等。官军夷虏之死事,古来几多;毛羽鳞介之受屠，过去现在无量。精魂皆去他方之界，朽骨犹为此土之尘。每钟声之动地，令怨灵导净刹矣。'听好了，这段文字里最应注意的是'毛羽鳞介之受屠'这一句，指的是被杀的鸟兽鱼贝类的魂魄。我想说的是，活着的不只是有人类。我身上原本就有寻求某种普遍性的东西、某种统合性的东西的特质。我希望别人能从这方面来看待我的长生愿望和黄金情结。"

"不只是净土信仰，连密教的即身成佛也没能让你感到满足吗？"

"确实，差不多是这么回事。与即身成佛相比，我想要的东西更多。观望的自己和被观望的自己，永远观望着自己的自己，我想拥有这样的视角。金色堂里的那具木乃伊，虽然和我没有任何关系，但它同时也是我以我自身为模型而创造的作品。所以可以这样说，在这八百多年里，我一直乐此不疲地观望着那虽然不是我自己、但也等同于我自身的存在。"

老人短短地笑了一声，继续说道：

"想来也可笑。金色堂虽然是一个容器，其内容却是空虚。因为那具木乃伊不过是我的赝品。而在这八百多年的时间里，无人察觉这个事实。"

我们离开高馆，再次经过东北本线上的人行道口，走了一段路横穿国道四号线，最终来到中尊寺门前。

中尊寺的表参道两侧耸立着郁郁苍苍的杉树，坡度很陡。这里通称为月见坂。我们按惯常路线参拜了本坊，经过古老的钟楼，然后走向金色堂的方向。

平泉城内虽然清净，但是一到这里游客就多了起来。一排大型观光巴士带来了修学旅行的男女高中生、由胸口系着缎带的老人和中年妇人组成的观光团，以及年轻的情侣们。这景象与日本全国任何一处观光地都毫无二致。

奇怪的是，一接近金色堂，老人的步子就变得踌躇起来。我加快了步子，而他明显地开始忸怩起来。

"怎么了？你不想参观金色堂吗？"

"是啊，我就算了。你一个人去看吧。我在这儿喝杯啤酒等你。"

老人用下巴指了指参道旁一家荞麦面店，丢下一脸惊讶的我，一个人利落地分开门帘走进店里。

我心下纳闷。都到这地方了，没道理不去看看眷恋已久的金色堂再回去。想想还是重整心情，孤身朝着那座新落成的、塞满了前来修学旅行的高中生们的钢筋混凝土覆堂走去。

关于金色堂，就用不着我再赘言感想了。昭和四十三年解体修理作业完成后，堂身完全被玻璃墙隔离密封了起来。我没有见过被隔离密封前的金色堂,因此无从与旧时状态比较。即便如此,在我看来它也已经足够美丽,丝毫没有让我感到失望。那密封在透明胶囊里的、极为精致的极乐净土的袖珍模型,内殿那光辉夺目的须弥坛、卷柱、佛像和七宝螺钿,那超时代的异样的美甚至留给我一种庄严的印象。

有人曾说过金色堂像是宝石盒一般,我认为这个比喻甚为恰当。以最内层的木乃伊为中心来看,这个宝石盒有多层结构,十分有趣。从外侧往里数,首先有钢筋混凝土的覆堂,覆堂里面有玻璃墙,玻璃墙里有堂,堂里有须弥坛,须弥坛里有棺,然后棺里装着正主的木乃伊。这是五重结构。

我一个人心满意足地、像是喝醉酒般地走出了覆堂。我似乎看了很长一段时间。修学旅行的学生们来来去去,只要顺着这股人流,就不会被人群推搡而受苦,可以好好地看个够。

我爬上荞麦面店的二楼,看到老人面前的桌子上摆着啤酒瓶和杯子,他正无所事事地茫然望向窗外。我擅自从堆在房间角落里的坐垫中抽出一张,隔着桌子坐到老人对面。走了一整个上午,我的脚早就累得发僵了。

从窗户望出去,楼下就是游人如织的参道,路对面是纪念品商店,店里物色商品的人和路上的行人都没察觉到上面正有人看着他们。老人似乎一直在留神观察着什么。

"你在看什么呢?"

"来修学旅行的女学生分为两种。"

"哦?"

"穿白色短袜的和穿黑色短袜的。我还是比较偏好穿黑色短袜的。"

店员来问点单,我就追加了一瓶啤酒,然后要了两人份的椀子荞麦面[1]和山菜。醒过神来的时候,我已经肚子饿得咕咕叫了。

"关于女学生袜子的高见我们姑且不谈。你刚在金色堂前畏足不前,这让我实在是难以理解。金色堂不正是你那些哲学思想的精华性体现吗?我第一次见就已经深受感动,如果有你的解说就更好了。"

老人抿了一口杯子里的啤酒,皱起了眉头。

"以前我确实曾把那里当作是自己家,经常进进出出的。但最近,自从加上一层玻璃障碍后,我就再也没进去过了。当我意识到,就算以我的仙道之力也无法突破那种近代物质时,我是何等悲伤,实在是没法跟你说清。在谷克多

---

1 椀子荞麦面是平泉所在的岩手县的一种乡土料理。店家用木碗装上蘸了热蘸汁的一口分量的荞麦面递给客人,等客人吃完再给下一碗,直到吃饱为止。

的电影里天使虽然能自由通行于镜中，但神仙道对玻璃只能是束手无策。"

"可金色堂不是有人看着嘛。还有卖票的地方。"

"以前可没人看着。松尾芭蕉在奥之细道[1]上旅行的时候，总不可能还交钱进去看金色堂吧。而到了晚上，没其他任何人的时候，那里就完全是我们的世界了。现在想起这些，还真是怀念不已啊。"

"你偷偷溜进金色堂到底是要做什么？"

"什么叫偷偷溜进去，又不是小偷，别说得这么难听。那原本就是我为了自己而建造的墓堂来着。"

"失敬了。你在金色堂里做什么了？"

"做了很多事。召集仙界同伴，举办诗歌管弦的宴会，宴饮啦，让田乐法师跳舞啦，跳延年之舞啦。"

"可是，三间见方的堂内要开宴会，地方也太小了点儿吧。"

"你真是会开玩笑。要知道，在仙道中，壶中尚且有金殿玉宇，枕中尚且有高楼大厦。那座金色堂对于我们来说

---

1 《奥之细道》是日本俳谐师松尾芭蕉所著之纪行书。于元禄十五年（1702 年）印行，是松尾芭蕉最有名的代表作。书中记述松尾芭蕉与弟子河合曾良于元禄二年（1689 年）从江户（东京）出发，游历东北、北陆至大垣（岐阜县）为止的见闻，与沿途有感而发撰写的俳句。

是伸缩自如的。所谓三间见方,只不过是置于地面上一时的大小而已。根据情况需要,它既可以变得比奈良的大佛殿还大,也可以小得被装进口袋里。我记得是在室町幕府的时候,我就曾经把变成火柴盒大小的金色堂装在口袋里挂在腰上,从关西一路旅行到九州。就像是和旅馆一起旅行一样。所谓的大小,不过是相对的东西。想怎么变化都行。只要没那个玻璃。"

"这可真是深表遗憾。我倒因为那玻璃墙生出了奇特的感慨,觉得像是看到了宇宙胶囊一般呢。"

"对了,胶囊这词用得妙。说不定那玻璃墙里就像是火箭里一样,是处于失重状态的。"

椀子荞麦面和山菜都端上来了。山菜是用莢果蕨、土当归、艾麻、楤木嫩芽做成的。两瓶啤酒很快见了底,我马上又点了第三瓶。

老人怅然地继续说道:

"可是,我的作品被隔离在我伸手不能及的地方,这真是遗憾至极。我简直像是失去了自己的存在理由,甚至有过自杀的念头。但你刚才也已经想到了,一旦魂魄入了仙籍,我就算想死也死不了。我的遗体虽然名义上是放在金色堂里,但刚才我也说过,那是个赝品,真真正正的赝品。一想到自己的赝品躺倒在金色堂里呼呼大睡,我对那东西其至产生了轻微的嫉妒心,因为我自己正处于踏不进金色堂一步的状态。我自己造出来的金色堂,我却一步都踏不进去。"

虽然想着不能笑,但我还是忍不住笑了出来。也许是啤酒作怪,老人对自己的窘境满口抱怨,这看起来极为可笑。我觉得我得安慰安慰他,于是一边往老人杯子里倒酒一边说道:

"这几乎是作品的宿命不是吗? 作品这东西,总是要离开作者走上自己的路的。"

我自己深知这只是临时拿来应付场面的话,但老人重重地点点头,说道:

"是啊,也许是这样。"

老人大概也有些醉了。否则,看起来曾是那样自傲、那样毅然决然的老人,那个堂堂正正地自报家门"我就是散位藤原朝臣清衡"的老人,怎么可能在我面前像这样软弱地抱怨个不停呢?

正当我这么想的时候,老人像是突然换了个心思,用出乎意料的快活声音说道:

"说起来,你知道延年之舞吗?"

"不,看是没看过。只是在书上读到过。"

"那个可有趣。我曾经从京都召来田乐法师和行脚僧人,致力于让它扎根在平泉。在金色堂里作乐的时候,也只有跳这个能让我觉得最开心。你想想看,夜间金色堂里一齐点上灯,在金粉、漆面和螺钿耀眼的反光中,伴着太鼓和笛子跳田乐舞和唐拍子。穿着狩衣的可爱童子带着面具像兔子一样到处蹦,就像是以前的少年咒术师一般跑来跑去。我们也唱歌,那歌也很有意思。"

突然,老人用奇特的音调抑扬顿挫地唱起了我从未听过的歌,我不由得呆住了。

ソヨヤミユ ソヨヤミユ

ゼンゼレゼイガ サンザラクンズルロヤ

シモゾロヤ ヤラズハ

ソンゾロロニ ソンゾロメニ

心ナン筑紫ニ ソヨヤミユ[1]

这歌听上去就像是中国人在说梦话,完全不明其意。但仔细听着听着,我却感到格外悲伤,只能不停地把啤酒杯送到嘴边。

1　这段歌谣出自江户时代后期旅行家、博物学家菅江真澄的《霞む駒形》,为毛越寺夜祭上的歌谣,属青森地区的方言,菅江真澄只称其为唐拍子,内容不明。故此处仅引用日语原文,不加翻译,免增混乱。

六道十字路

　　大约在距今十年前，我曾经为了在京都六波罗一带寻找某座寺庙而徘徊于烈日之下。想来是夏末的时候，更何况那一带原本就很热。

　　现在已经记不太清楚了，但勉强顺着薄弱的记忆抽丝剥茧的话，我记得一开始我确实是先去了三十三间堂前面的京都博物馆。在那里看了什么我已经不记得了，但既然去京都是为了找与六道绘[1]相关的东西，看的也就应该是与净土教相关的展品吧。接下来去了旁边的养源院，这倒跟六道绘没关系，只是顺路去跟我喜欢的宗达[2]的杉门绘打了个招呼。然后穿过五条大道向北，经过香火旺盛的六波罗蜜寺前，在乱七八糟的横街上漫无目的地四下徘徊。那一带被称为六道，而我要找的寺庙名叫大椿山六道珍皇寺。大概是因为我不太熟悉京都的街道，这一带明明不是特别难找，我却总也到不了目的地。因为找不到，暑热的天气就越发难捱。

　　六道珍皇寺在《今昔物语》里称作爱宕寺，又作念佛

---

[1] 六道绘指画佛教中的六道（地狱道、饿鬼道、畜生道、阿修罗道、人道、天道）内容的佛教画。

[2] 俵屋宗达，活动于江户时代初期的日本画家，常年活动于京都一带。他深受日本京都附近宫廷文化的影响，作品多变，具有较强的艺术性，是宗达光琳派的创始人。

寺，也有叫作鸟边寺的。这座寺庙以前曾有过宽广的领地，
从六道一直覆盖到五条坂。一说它是小野篁所建，是一座
历史悠久的寺庙，但因为所处位置的关系，中世[1]以来屡次
在战火中被烧毁，一度成为废寺。现在规模缩小了很多，也
没什么观光客，藏在北面的建仁寺的阴影中悄无声息地存
活着。不过每年在盂兰盆节的三天里会举办六道祭，京城
里的善男信女们群聚于此，买来金松的树枝，敲响迎灵钟，
迎接先人的亡灵。这活动从以前起就非常有名，据说这三
天会盛况空前。但我最终寻访到的珍皇寺，在原本就狭小
的寺内还开辟了停车场——这话虽然有点失礼，但怎么看
也不像是善男信女群聚而盛况空前的地方。

我绕到库里[2]去问情况，出来的是体态圆润的住持夫
人。住持不在，但因为已经事先告知过来意，我马上被领到
了本堂旁一间通风良好的屋子里，我想看的那幅绢本着色
的六道绘就挂在墙上。住持夫人一定是在等着我来吧。

可惜的是，我对那幅六道绘毫无兴趣。那是一件不入
流的作品，硬要说就是恶俗至极，跟我前些大在近江的寺庙
看到的镰仓时期富丽堂皇的六道绘一比，格调完全不能相

---

1 中世在日本指镰仓、室町时代。
2 寺院中用于僧侣居住或兼具厨房功用的建筑物。

提并论。我感到非常失望。在热情地迎接我并天真地夸赞着自家寺里文化财产的住持夫人跟前，我感到进退两难，只能尽量不至于失礼地在口里暧昧地应着。

我无意间看向庭院，看到一口生有苔藓的古井，为了能不着痕迹地换个话题就问道：

"那口井是……"

住持夫人立刻回答道：

"那就是篁传说里的井。据说小野篁能随心所欲地穿过那口井前往彼方世界。小野篁不是地狱里阎魔王厅的判官嘛。他在此世和彼世就要分头扮演两种角色。有趣的是，篁要去彼世的时候，是从这个珍皇寺的井里出发；而从那边回来的时候，是从位于嵯峨清凉寺乾方位的生六道回来。"

"清凉寺就是那间释迦堂吧。也就是说，有条地下通道横贯京城东西，一直通到那么远的地方吗？"

"这可就不知道了，传说是这么说的。"

住持夫人说的是一口漂亮的京都腔，但因为我没有自信能再现女性的京都腔，所以只能让她用无趣的标准语来说话，还请谅解。她还说了这样的话：

"据说小野篁这个人特别喜欢睡觉，比普通人要久很多，而他睡觉的时候，就是灵魂去往彼方世界的时候。当他的灵魂回到生六道、变成此世之人的时候,小野篁就会从深深的睡眠中突然睁眼醒来。彼世指的就是睡着吗? 总而言之,这也是个有趣的故事。"

住持夫人一边缓缓地扇着团扇,一边用带着特殊抑扬顿挫的调子不停地说着。我虽然不是小野篁,却也像是中了催眠术一般,差点儿就这么直接睡下去了。那是下午四点左右,西斜的阳光照进了库里,外面的蝉频频鸣叫着……

如果我当真中了住持夫人的催眠术,在安静的六道珍皇寺中沉沉睡去的话,接下来要写的故事就会是我的黄粱一梦。作为作者来说这平凡且不负责任,因此我决定不这么写。实际上,那时候我也并没有睡着。我对住持夫人郑重地道了谢,体面地离开了珍皇寺。那一天我还有其他地方要去。

走到外面时,不知为何脚下感觉晃晃悠悠。这应该不只是因为我在库里用不习惯的正座姿势坐了很久。

※　※　※

文和年间离那场应仁年间的大乱虽然还有一百多年的时间,但由于元弘建武时期就已经开始的战乱,京城里的厅堂宫殿已经被烧得所剩无几。洛东六波罗一带曾有过的繁华已经荡然无存,化作了一片荒凉的焦土。那时,在珍皇寺

未被烧毁的念佛堂里，住着一个可疑的男人。在讲述这个
男人的事情之前，我想首先说明一下六波罗这一片的情况。

谣曲《熊野》中关于牛车上路有这样的句子："沿河行
来不多时，匆匆已到六波罗，地藏菩萨在此处，车中伏身拜
我佛。转眼又到爱宕寺，六道路口任抉择。此路通冥途，见
之足为裹；鸟边山在望，骸骨腾烟火。"[1] 从六波罗到鸟边
野，东山山麓下的这一片地区，自古以来就作为埋尸地及墓
地而为人所知。空也[2] 在鸟边野一角的六波罗建了六波罗
蜜寺，把这里当作跳念佛舞的云游僧们的据点，这也是因为
这些僧人中有很多隐亡[3]，这些人专事"圣"的工作——火
化及埋葬尸体。隐亡继承了古代处理尸体的游部[4] 系统，
随着律令制的崩溃，他们变成了饵取[5] 法师、非人[6] 法师、
声闻师等俗法师，四处云游，因此他们当然会被空也的集团

1　世阿弥：《熊野》。见《日本谣曲狂言选》，申非译，人民文学出
版社，1985年，第62页。

2　空也（903年—972年），日本平安时代中期僧侣，人称阿弥陀
圣、市圣、市上人。民间的净土宗先驱者。空也开山的寺院、他当时的
活动据点六波罗蜜寺，现在属于真言宗智山派。

3　又作隐坊、御坊，指专事火化埋葬尸体、守墓的人。在江户时
代他们相当于贱民。

4　古代品部之一，在天皇葬礼的时候负责准备棺木及祭器，在殡
宫举行咒术性神事。

5　古代及中世专门杀牛宰马，把肉做成鹰或猎犬饵食的职业。

6　指地方上离开常住地脱离公民身份的人。

吸收。正如行基[1]有他的沙弥集团一样，空也的集团就由这些不在户籍编制内的云游僧人构成。

还有另外一说，认为从桓武帝迁都时起六道珍皇寺就开始被用于火葬。火葬场虽然随着时代流转四处迁移，但这里总是固定的一处。它门前的路被称为六道，人们相信这条路通往冥土。如果这里自古以来就是火葬场的话，那就好理解了。至于这处火葬场作为火葬场之用一直到什么时候，则是诸说纷纭，没有定论。

话说，在珍皇寺未被烧毁的念佛堂里，住着一个可疑的男人，这是文和二年的事情。据传这个男人，是和坂东武士们一起从东国流落至此的仲间或足轻，不知何时离开了南北朝战争的阵线，投身于敲葫芦跳舞的敲钵艺人行列中。人们称他为马卡贝，想来这应该是"真壁"的发音。真壁这个姓，在关东以北似乎较为多见。这个马卡贝因其发明的一种集团舞蹈或无声剧，被视为在民众间引发恐惧及敬畏之念的超人。这种舞以创始人的名字命名，叫作马卡贝舞。

1　行基（668年—749年），日本奈良时代的僧侣。当时朝廷规定佛教是国家佛教，禁止僧侣向一般民众布教。他因突破禁令，以畿内为中心向民众、豪族层广布佛法而受到崇敬。他修建了许多道场、寺庙和公众福利设施，广受民众支持。后由圣武天皇招聘为大僧正，负责奈良大佛的建立，由此功绩成为东大寺的"四圣"之一。尊称行基大德、行基菩萨。

马卡贝舞是一种男男女女装扮成各阶层的人物(如公家、武家、僧侣、商人、百姓、游女、乞丐等)围成一圈跳舞的极为单纯的舞蹈。圆圈中心是马卡贝,他或吹着笛子,或敲着钲鼓,或打着编木。马卡贝本人不做装扮。即使不做装扮,他那副异样的容貌也足够引人注目了。据说他瘦得皮包骨头,外形就像是字面意义上的活骨架。

马卡贝作为导演,即使在给每个人下达细微的演技指示时也从不开口。他长于演哑剧,吓完了人又能马上做出露骨的猥亵姿势,让人们为之大笑。为了参加马卡贝舞集合而来的近邻民众,无一不对他的指导俯首垂耳。他身上散发着一种能牢牢束缚住人心的灵威,没有人能抵抗这一点。

马卡贝舞的寓意非常简单明了,几乎不需要任何说明。对于生于乱世的民众来说,大概没有比死亡面前人人平等这种思想更容易接受的吧。马卡贝长得正像是死神一样。死神吹起笛子敲起鼓,一瞬间,无论是贵族还是贱民,男女老少们都发疯般平等地随之起舞。参加这种舞蹈就是与死神同在,能逃离这世上的苦难。这样一来,还有什么必要唱诵阿弥陀的佛号呢?马卡贝虽然没有直接说过这种话,但这种舞蹈形式展示出的那种无比直白的刹那主义的教诲,所有人都能平等地切身感受到。

舞蹈最初只是以马卡贝为中心的十人左右规模的小活

动,随着口耳相传,这六道十字路口不断有从京城各处前来参加的人和看热闹的人蜂拥而至,以至于像举行田乐时一样搭起了看台,办得热热闹闹的。贞和五年六月曾发生过一起著名的事件,在四条河原举行田乐时看台垮掉,瞬间死了五百人。马卡贝舞虽然还没到那个程度,但盛况也相差无几。由于新事物的魅力,人们像是飞蛾扑火一般扑了上去。连当时让出了四条京极的宅邸、沦落到伊吹山麓柏原城里的佐佐木佐渡判官入道道誉,都曾在某晚跟倾城白拍子一起偷偷跑来看马卡贝舞,可见当时这种舞受到了怎样的好评。道誉照例撒下大量钱币给以马卡贝为首的舞者,以慰劳他们的辛苦。

值得注意的是,这种马卡贝舞完全摆脱了那发源于净土信仰、由空也和一遍[1]系统传承而来的念佛舞的宗教性。它与后来京城和堺的民众不遗余力推广的现世主义性质的"风流"[2]的那种娱乐性也完全不同。它是一种从中世到近代的过渡期现象。15世纪公卿们的日记里留下了大量对

---

1 一遍(1239年—1289年),日本镰仓时代中期僧侣,时宗之开祖。出生于伊予国(爱媛县),法讳智真,尊称一遍上人、游行上人、舍圣,谥号圆照大师、证诚大师。

2 这里的"风流"应指念佛舞、盂兰盆舞、太鼓舞、狮子舞、鹿舞等民俗艺能中群舞的形式。

在京都、奈良及堺地区蓬勃兴起的"风流"和囃子物 1 的记录,但这种现世享乐型的新兴阶层祭礼也和马卡贝舞没有任何关系。从无目的性和随心所欲这一点来说,与宽永年间在江户城里的小路上一边跳舞一边四下奔走的著名狂人泡斋 2 的行为多少有些相似。但马卡贝舞并不像泡斋那样单独行动,而是集和人群并伴有细致的演出。从这一点来看,还是应当把马卡贝舞当作是一种独特的存在。

最后我还必须指出,马卡贝舞圈里包含有恐怖的要素。有传闻说,加入了马卡贝舞圈的人,不久之后必会死亡。而一旦有人真死了,就会被说成是因为曾经加入到马卡贝舞圈里。这互为因果的关系与这马卡贝舞之圈一样,在马卡贝身边形成了一个无懈可击的圆环形态——死亡的圆环。尽管如此,想要加入这死亡圆环的人却不见减少,这大概是恐怖反而会产生鼓舞作用的心理学原理在作怪吧。

任何时代都会产生具备怀疑精神的人,同理,也有人强烈怀疑马卡贝不过是个不择手段捞钱的骗子。就算参加者

1　囃子指在能、歌舞伎、长呗、民俗技艺中用笛子、太鼓、三味线、钲等进行伴奏的音乐。囃子物就是指有这种伴奏的歌舞音曲。比较有代表性的就是中世的狂言歌谣和"风流"。

2　泡斋念佛舞是念佛舞的一种,由江户初期常陆的僧人泡斋发明。当时他们为了募捐修理寺院的善款,以数人为一个小集团,在头上插花,敲着太鼓鸣着钲,一边发狂地跳舞一边到各家化缘。

不全是佐佐木道誉这样心胸宽大的老爷，每次举办马卡贝舞的时候，也肯定会有不少进账。虽然没有入场费，但总有人会撒点施舍钱，正所谓积沙成塔，集腋成裘。这样想来，骗子一说也不全是无稽之谈。

当时有个入山修行的僧人叫景海，住在现在熊野之地的草庵里，他一直看马卡贝不顺眼。他不认为这是骗子捞钱，而认为马卡贝的行为乃迷惑世人的魔之行径。他在私下里拼命活动，力图让幕府下令禁止马卡贝舞。但凭他一个在各国都毫无名望的陌生行者，最终还是没能取得实效。景海怒火熊熊，等着找到机会抓住天魔的马脚。

某天晚上，这个景海突然出现在六道的十字路口，走近了黑黝黝地立于焦土之上的珍皇寺念佛堂。他打算偷窥念佛堂里的情形，看穿这个名叫马卡贝的可疑男人的真正面目。

就把这景海当作是作者的代言人吧。或者当作是读者的代言人也行。我是想说，把他当作是一双观察的眼睛，而不担任其他角色。

或者干脆放弃山野修行僧景海的这个第三人称，把景海称作"我"好了。撤下曾经出场过的人物，作者取而代之跑到前台，这主意也不坏。接下来我就打算用第一人称"我"代替景海讲故事了，敬请谅解。又或者可以看作是我

在珍皇寺的库里中了住持夫人的催眠术做了个梦,而梦中
看到的光景正如下文。

闲话少提。

我像蜥蜴一样趴在念佛堂的护墙板上,护墙板间有个
缝隙透出了一缕微弱的光线,于是我单眼凑了上去。

里面有什么呢?放在地板上的油灯灯芯正烧着,火焰
因缝隙透进去的风而摇摆不定,巨大的影子在昏暗的室内
不断跳动。念佛堂里空荡荡的什么也没有,只是在近处散
落着餐具、水瓶和提桶,显示这里有人生活。

说到人,居然能看到有两个人,一男一女。我的好奇心
被这意料之外的情景煽动了起来,凝神向缝隙里面看去。

女人看起来年纪不大,身体却像怪物一般异常地肥
胖丑陋。她正昏昏沉沉地躺着。因为实在是太胖,眼睛
鼻子嘴巴都埋在两颊堆起来的肉里几乎看不清。身上只
是从肩口胸口搭着破衣烂衫,松松垮垮的下半身一览无
余。应该说是因为肥胖或者某种异形吧,女人阴处的缝
隙一直延伸到肚脐附近,让我见之几乎魂飞魄散。她像
是要脱光衣服睡觉,把刚才还穿在身上的衣物团成一团
扔到了脑后。

男人还醒着没睡。他一只手支着下巴,另一只手放在
膝盖上,弯腰蹲在地上,像是在入神地思考。他一动不动,

几乎不像个活人。这男人简直与刚才的女人形成对比,他皮包骨头,瘦得吓人。他头上没有一根头发,眼窝深陷如两个洞,连嘴唇上都没长肉,生生地印出了牙齿的形状。他的手脚仿佛是枯木,似乎动一动就会发出噼里啪啦的干裂声音。奇怪的是,他的眼窝正中的瞳孔还在发光,嘴里还能吐出有温度的气息。原来这就是传说中的那个马卡贝。

这时,女人抖动着她那肥胖脑袋下的双下巴,用乌鸦般的悲痛声音说道:

"你也够了吧。你那没完没了的欲望我已经受够了。背叛了同伙,跑来做这种下流的活儿,你到底是打算一本万利地赚多少钱啊。"

这时我第一次听到了此前没人听到过的马卡贝的声音。那是像空气嘶嘶漏出一般的嘶哑声音。

"吵死了,丑八怪。少在那儿啰里八唆的。还有最后一笔大买卖没做呢。听好了,明天给我老老实实地到五条坊门的酒家去,把之前放在那里的马卡贝舞的行头原封不动地拿回来。听懂了吧。"

"就算你这么说,凭你平时给我的那些红不拉叽的私铸钱,都不知道酒家还肯不肯听我的呢。把你那些不知道藏在哪儿的大笔宋钱 1 拿出来啊。拿出来我就去。"

"你还敢说我藏了一大笔宋钱。你还不是经常一个人跑到我在酒家置下的仓库里翻个底朝天。真是个无可救药的臭女人。早知道是这样，就不该想着要冒什么险，早早打发你回关东的乡下才对。一旦开始打起仗来，就没法在这一带跳什么舞搞什么钱了，这么明白的道理。到了那个时候，六道的十字路口就是堂堂的地狱一号大街。要干就只有现在干。这种事你都不明白吗。"

"要说冒险的话，至今为止也不知是谁冒了一大堆的险呢。就算你扒了再多死人身上的东西，要是没人帮你拿到城里去卖掉的话……"

"嘘，声音太大了。外面说不准有人听着呢。我可不是小偷。我只是个微不足道的街头卖艺人。笛子是我的命根

---

1 在 10 世纪的日本，虽然政府发行皇朝钱，但未得到有效流通，直到 10 世纪中段为止日本都还是处于物品货币的时代。958 年日本朝廷发行了最后的皇朝钱乾元大宝，据称 986 年就开始不用任何钱币了。1039 年中国发行了皇宋通宝，同时代的中国钱币大量被运往日本作为通用货币使用。而以数量最多的皇宋通宝为首的各种中国钱币被统称为宋钱。12 世纪中叶宋钱开始在民间流通，日本政府曾几次颁布禁令，但并没有收到实效。由于进口的钱币数量不足以满足全国使用，因此除了进口钱币外，也有仿造中国钱币制造的私铸钱流通于世。私铸钱或材质较为柔软，或经过修改，字形一般不如宋钱清晰平整。

子。只要有笛子我就能活下去。一想到我的笛子能让那么多人忘我地跳起舞来，我就满足了。钱什么的根本用不着。"

"哼，不合身份的漂亮话就别说了。就算你长得再像一副骨架子，也不可能光靠喝西北风过日子。马卡贝舞这些天没日没夜地繁盛一时，就算不提佐佐木老爷给的那些钱，你可也已经赚了不少了。那些钱我才不信你没给藏到哪里去。"

"看我不开口你就说得起劲了是吧，看我不把你的舌头拔下来。"

"那我就干脆在被你拔掉之前多说点儿呀。如果我把你的秘密说出去，你肯定会在贺茂河原被砍脑袋。光是扒死人的寿衣还不够，还跑去墓地挖骷髅，卖给立川流[1]的那个破戒和尚。那是什么时候的事来着，我可还没忘呢。"

"闭嘴，都说了别大声说话了。"

在女人不知何时才是个尽头的威胁面前，马卡贝闭上嘴慢慢地站了起来，迈着生硬的步子向念佛堂的入口处走去。

　　1　立川流是日本佛教密宗的一个派别。于1114年成立于伊豆立川市，仁宽为其始祖。据传以性爱为修行解脱手段，把阴阳道与怛特罗密教吸收入日本传统佛教中。根据心定的《受法用心集》（1272年），该派的骷髅本尊是用精选的骷髅加工而成的。

"哎呀，这么大老晚的还出去吗？"

"是啊。光是看到你那张脸就心烦意乱。我出去透个气。"

马卡贝信步走出门外。我慌慌张张地藏到了阴影处。

外面月光如水。马卡贝迈着像是被风推动一般轻飘飘的步子向东山方向走去。我悄悄地跟在他后面五米远的地方，留心着不被他发现。

走了一段路后，来到了八坂塔的所在地。这座塔在治承三年被雷火烧毁，建久三年由赖朝重建，还没完成就再次被战火波及，如今只剩下一副凄惨的外壳。马卡贝像是熟知这五重塔的情形，径直走了进去。我也跟在后面进了塔。

塔的外观虽然被烟熏得黑不溜秋的，但三间见方[1]的内部却出人意料地没有损毁，看上去还挺宽敞。木阶上净是蛛网和灰尘，要想无声地爬上台阶很需要一番努力。从第一层爬到第二层，再爬到第三层、第四层，最后到达顶层，走到塔外的回廊上放眼望去，在四十米的下方铺陈开的世界被如洗的月光照得雪亮，瓦砾中一片焦土，荒凉至极。

我缩在勾栏的影子里，打算看看马卡贝在这五重塔的

1　指日本五重塔的建筑制式"方三间"。间指柱子到柱子间的距离，京都的制式为六尺五寸，江户为六尺六寸，有所不同。

顶楼上要做什么。

马卡贝在天花板的椽子处悉悉索索摸了一阵,拿出来一个事先藏好的小木箱。他打开木箱伸手进去,掬起满满一捧铜钱,哗啦哗啦地清脆作响。箱子里全是进口的宋制元丰通宝、宋通元宝等。他用手捧着,用手指拨弄着,那原本不像是活人的脸上浮现出梦幻般的陶醉神情,枯木般的手脚开始发起抖来。随即,他的眼珠子仿佛就要从眼窝里飞出来,下巴和膝盖开始痉挛,让人觉得他的身体眼看要四分五裂了。到了最后,在极度兴奋之中,他呼吸急促地扑在木箱上,像个死人一般一动也不动了。

不知过了多长时间,他终于从昏迷中苏醒了过来,用悲伤的眼神望向散落在木箱旁的铜钱。他两手把铜钱一个一个仔细地捡起来收好,然后又慢吞吞地把木箱藏回了原来的地方。

然后他像是要把沉溺于快感后的愧疚感一扫而空般,站起身从墙缝里抽出了一根笛子,走到塔外的回廊上。为了不被他发现,我急急忙忙沿回廊逃到了另一边。

马卡贝的笛子是随处可见的竹笛。他一只脚勾在回廊的栏杆上,用头和下巴打着拍子,对着万里无云、月光朗朗的夜空静静地吹起笛子来。笛声越来越急迫,再次把他带到了忘我的境地。

　　我在不知不觉中被笛声吸引，心绪因清亮的旋律波澜不止。我无意间往栏杆下看了一眼，不由得大吃一惊。五重塔看起来像是在虚空中漂浮着，慢慢地打着转。我生怕自己被抛到虚空中，用双手紧紧地抓住栏杆，不自觉地闭上了眼睛。在马卡贝的笛声停下之前，五重塔一直一边打着转一边在空中摇曳着。

　　在明亮的月光下，我清楚地看到马卡贝在吹完笛子后，擦去了脸上不知不觉流下的泪水。

　　然后他快步走下塔内的台阶，慌慌张张地出了塔。留在塔顶的我向下望去，能看到那个小小的人影肩上扛了一把锹，朝着鸟边野的方向走去。

※　※　※

　　14 世纪时欧洲曾出现一个奇妙的说法——死神之舞。我们在很多壁画和木版画中都看到过这种题材。其中最有名的就是汉斯·荷尔拜因[1]的木版画系列。死神以骷髅形态出现，他奏着乐器，命令从国王到乞儿所有身份的人随之起舞。

　　死神之舞在法语中写作 danse macabre。在同样是拉丁

　　1　小汉斯·荷尔拜因（约 1497 年—1543 年），德国画家，最擅长油画和版画，为欧洲北方文艺复兴时期的艺术家，他最著名的作品是许多肖像画和系列木版画《死神之舞》。

语系的西班牙语中不写成 macabre，而写成 danza de la muerte。muerte 就是死亡。那么，macabre 又是指什么意思呢？

根据英国考古学家弗朗西斯·杜丝[1]的假说，这个词与沙漠隐修士圣玛加里[2]（法语里写作 Macaire de Scété）的名字有关。这名隐修士在埃及的底巴依德[3]所看到的幻象，被画进了比萨著名的坎波桑托壁画《胜利的死亡》中。也就是说，danse macabre 是 danse macaire 的变形。但这种说法并无确实的根据，如今已经被放弃。

根据加斯东·帕里斯[4]的意见，macabre 在古代文献中常常写作 marcadet，这是第一个描绘死神之舞的画家的名字，或者是为此咏诗的诗人的名字。但在中世纪，无论是多么著名的美术作品，都绝不会以作者的名字加以称呼，因此这种说法也站不住脚。

---

[1]　弗朗西斯·杜丝（1757 年—1834 年），英国古董商人。

[2]　埃及的玛加里（约 300 年—391 年），东正教及天主教会承认的圣人。在东正教里被称为埃及的圣大玛加里。传说中曾结过婚，在妻子去世后开始修行。他是沙漠教父圣安东尼的弟子。

[3]　底巴依德位于古埃及之北部，亦称上埃及，最初的隐修士即在此处隐修。

[4]　加斯东·帕里斯（1839 年—1903 年），法国文献学家、语言学家，主要从事于法国中世纪文学的研究。

有一种比较有趣的说法指出，macabre 源自"墓地"一词的阿拉伯语مقـبرة（复数形态音近 macabre）。这个词经由西班牙被法国军队普及开来，然后被 14 世纪的诗人吉恩·勒费弗尔[1]写进了他的诗里。这是一个值得商榷的假说，但在这里就不详述了。

另一方面，埃米尔·马勒[2]在他的大作《法国中世纪末期的宗教艺术》一书中，将 macabre 与《旧约次经》中的马加比[3]联系了起来，这似乎是目前最妥当的见解。danse macabre 翻译成拉丁文就是 maccabaeorum correa，发音与马卡贝极为相似。在中世纪的教会里为死者举行弥撒时，据说会引用《马加比二书》中的一节，而马加比家族中的犹大[4]据说正是设立了祭祀死者制度的人。

---

1 生平不详，应为担任过法国国王查理五世顾问的僧侣，写有 1380 年—1390 年间的日记。

2 埃米尔·马勒（1862 年—1954 年），法国著名艺术史学家，法国中世纪图像学研究先驱。

3 指《旧约次经》中的 Maccabees I、II 两章。新教译为马加比，天主教译为玛加伯。

4 《马加比二书》中提到的犹大·马加比，或译犹大·玛加伯（希伯来语意为"铁锤"犹大），古以色列人祭司长亚伦的后裔，父亲是犹太祭司玛他提亚。犹大·马加比继承父亲对抗塞琉古帝国的统帅职位，他也是犹太人历史中与约书亚、基甸、大卫齐名的英勇战士。公元前 164 年 12 月 14 日占领收复耶路撒冷，重新恢复了犹太教的信仰，重建第二圣殿。

且不论日本文和年间的马卡贝舞与《圣经》中同音的马加比有没有关系，它与出现在 14 世纪后半叶欧洲的死神之舞之间的一致性，要说是偶然也未免太过奇妙。曾有法国的青年学者以此为题，写过比较宗教学的学位论文。我虽然也参考过这篇论文，但里面只有常见的普遍性解释，对于写这篇文章没什么太大帮助。

棋盘上的

游戏

　　1387 年 11 月 17 日,率军远征波斯的帖木儿从阿塞拜疆向南长驱直下,攻占绿洲都市伊斯法罕[1]后将其付之一炬。

　　伊斯法罕当时处于与波斯王同族的莫扎法尔[2]统治下。在得知征服者的军队接近之后,他决心无血开城,缴纳贡金表示恭顺之意。帖木儿接受了他的条件,立刻撤出了主力军队,在城里派驻驻扎部队直到支付约定金额的贡金为止。然而在某天晚上,城里的居民突然袭击了驻扎部队,杀害了帖木儿麾下的三千名士兵。对于征服者来说,这正是个绝佳的口实。杀害三千名士兵的罪孽,只有在无差别地屠城后才能得以偿清。作为报复,帖木儿通告全军将士,只要能砍下一颗脑袋上交,就对该人在城内的狼藉暴行不做过问。

　　事实情况恐怕是驻扎部队的士兵对伊斯法罕的财富鬼迷心窍,无视帖木儿与莫扎法尔的约定,私下抢劫居民的财

　　1　伊斯法罕为伊朗第三大城市,伊斯法罕省的省会。早在玛代王国时已存在,多次遭受侵略并被修复。1387 年帖木儿攻占该城,一共屠杀了七万人。其后在 1453 年,伊斯法罕被重新建立。

　　2　自阿拉伯帝国统治呼罗珊伊始,莫扎法尔家族已扎根于此地。直到蒙古帝国大举入侵后,他们逃亡至亚兹德,处于伊儿汗国的统治下。14 世纪伊儿汗国分裂后,成为伊朗的主要势力。最终于帖木儿的征服战中被清洗灭亡。

产吧。否则城里的居民们应该不至于突然攻击驻扎部队。但既然已经死了三千名士兵,这些道理就都用不上了。帖木儿军集合了河中地区[1]的土耳其人和蒙古人,共有七万名佣兵,如果他们每人都上交了一颗头颅,那么被杀的伊斯法罕居民至少就有七万人。这七万颗头颅在经过清点后,被用石膏和灰泥拢在一处并加以固定,堆成了金字塔的形状。这就是让帖木儿的残暴流传至后世的那座著名的头颅金字塔。在伊本·白图泰[2]的游记中曾不惜笔墨地对其财富与奢侈加以描绘的伊斯法罕城,就这样被放火烧城,一夜之间化为灰烬。

如果想为帖木儿辩护,在他下达大屠杀及放火的命令前,倒是曾采取防范措施,派人到伊斯兰教的导师和学者们

---

1 河中,指中亚锡尔河和阿姆河流域以及泽拉夫尚河流域,包括今乌兹别克斯坦全境和哈萨克斯坦西南部。河中为古代欧亚陆路主商道丝绸之路上的重要通道;自波斯帝国时期开始,该地区先后被希腊、突厥、唐朝、阿拉伯帝国、萨曼王朝、喀喇汗王朝、西辽、察合台汗国、帖木儿帝国等统治。

2 伊本·白图泰(1304 年—1377 年),摩洛哥的穆斯林学者,是世界上公认最伟大的旅行家之一。二十岁左右时,他出发去麦加朝圣,从此开始,他踏上了一条长达十一万七千公里的旅途,经过了现在四十四个国家的国土,他的旅程被记录在《伊本·白图泰游记》中。在三十年的旅途中,他经过了穆斯林世界中的大部分著名地区,也到了许多非穆斯林地区,足迹遍及北非、非洲之角、东欧、中东、南亚、中亚、东南亚及中国等地。

家门前站岗,以保护他们的生命。这也是他与成吉思汗不同、被视为是一位开明君主的理由。但将一般市民的生命和宗教人士区分开来,真的能算是被称为开明君主的资格吗?这一点我仍然无法感到释然。

烧毁伊斯法罕后一个月,帖木儿在 12 月 12 日率军继续南下,前往法尔斯省的中心城市设拉子[1]。

伊斯法罕大屠杀的传闻此时已经传到了设拉子,城内居民们无不战战兢兢。设拉子的统治者也学着伊斯法罕的样子,不战而降于征服者的旗下。除此之外已经别无他路可走。

帖木儿不流血地进入设拉子后,立刻将该城著名的大诗人哈菲兹[2]召唤到军营中。理由是这位诗人最脍炙人口的诗句一直让帖木儿感到不满意。

---

[1] 设拉子位于伊朗西南部,是法尔斯省的首府。设拉子地处札格罗斯山脉的山脚,海拔超过一千四百五十米。气候温和,盛产葡萄、棉花和白米。

[2] 哈菲兹(本名沙姆斯丁·穆罕默德,约 1315 年—约 1390 年),最著名的波斯抒情诗人,常被誉为“诗人中的诗人”。据统计,他的诗集在伊朗的发行量仅次于《古兰经》。哈菲兹为其笔名,意为“能背诵《古兰经》者”。他还有许多其他称号,如“神舌”“天意表达者”“设拉子夜莺”等。他从少年时开始学写诗歌,二十岁时就才华出众,曾担任过莫扎法尔王朝的宫廷诗人。哈菲兹一生绝大部分时间都待在设拉子,妻儿早逝。1387 年帖木儿攻陷设拉子后两年,哈菲兹因贫困和愤懑逝世。

　　　　假如那设拉子美女

　　　　有朝一日能对我钟情，

　　　　为了她那颗美丽的印度痣，

　　　　我不惜把撒马尔罕1和布哈拉2献奉。3

　　帖木儿对着跪在征服者面前的六十岁的诗人问道：

　　"撒马尔罕是我国的首都。我以武力平定、让它作为都城而繁荣的撒马尔罕，你却说要用它来跟女人的一颗毫无价值的黑痣交换？"

　　诗人回答道：

　　"世界之王啊，您可以看到，我的一时慷慨最终令我落得这样悲惨的下场。"

　　帖木儿对这临机应变的妙答大为欣赏，不仅没有责怪老诗人，反而对他加以厚待。这种说法，不过是从兴趣出发

　　1　撒马尔罕是中亚地区的历史名城，也是伊斯兰学术中心，现在是乌兹别克斯坦的旧都、第二大城市，以及撒马尔罕州的首府。14世纪时为帖木儿帝国国都。

　　2　布哈拉是位于乌兹别克斯坦西南部的一座城市，也是该国第五大城市和布哈拉州的首府。

　　3　邢秉顺译文。见《鲁达基、海亚姆、萨迪、哈菲兹诗选》，人民文学出版社，1998年，第347页。

衍生的传说，只是某个时期波斯文学所特有的、显示了理想的王者形态的奇闻轶事而已。实际上，被召唤到征服者面前的哈菲兹并没有卑躬屈膝地美言讨好，只是默默地献上了一本法里德·阿尔-丁·阿塔尔[1]的《圣者列传》。这就是真相。

　　古来就有学者反复论述过，哈菲兹在宫廷里写的赞美诗和恋爱诗，只不过是为了隐而度日的假面具，真正的他是一位纯粹的神秘主义诗人。这位比自己早生两百年的神秘主义诗人阿塔尔，恐怕是哈菲兹最崇敬的人物吧。

　　"阿塔尔是个什么样的诗人？"

　　面对帖木儿的问题，哈菲兹这样答道：

　　"赞美两个世界的主人安拉。原本阿塔尔就是据说在成吉思汗攻占内沙布尔[2]时，悲惨地被大汗处以死刑的诗人。"

　　根据历史记载，1221年攻占内沙布尔并杀害诗人的蒙古军统帅并非成吉思汗，而是他的儿子拖雷。这个问题我

――――――――――

　　1 法里德·阿尔-丁·阿塔尔（约1142年—约1221年），伊朗东部内布沙尔出身的诗人，代表作有《鸟的语言》、散文《神秘主义圣者列传》等。他对后来伊斯兰教苏菲主义（或称密契主义、神秘主义）的影响很大。生平不详，多见于传说及轶闻。
　　2 内沙布尔是伊朗的城市，位于该国东北部，由礼萨呼罗珊省负责管辖，距离首都德黑兰六百七十公里，海拔高度一千二百五十米。

们先放一边。听到哈菲兹的回答,征服者的表情变得阴郁起来。他常常以成吉思汗的继承者自居。面对面的征服者和诗人,历史的齿轮转动着让同样的情形重现于此,如果自己杀了设拉子的诗人,那么就是完全重蹈了成吉思汗的覆辙,换个角度来说,哈菲兹的话正是对自己无畏的挑战。帖木儿这样想着,不自觉地放粗了声音:

"我不是在问你这个。我不是问你他是怎么死的,而是问你他是怎样活的。"

"原本阿塔尔是在内沙布尔卖药草种子的。在波斯语里,阿塔尔就是卖药草种子的商人的意思。某一次,他的店里来了一个托钵僧德尔维希[1]请求布施。阿塔尔没有回答。乞丐问:'你打算以什么方式死去?'阿塔尔不高兴地说:'和你一样。'于是托钵僧以钵为枕,一骨碌躺在地上,就这样死了。阿塔尔深受震撼,据说他就是从这个时候开始变成虔诚的神秘主义者并直到死去。也就是说,活的方式和死去的方式,其实完全是一样的。"

听到诗人这样说,帖木儿的脸色越发阴郁起来。他觉得诗人正在自己的权力无法触及的地方嘲笑自己。他随手

---

[1] 德尔维希是波斯语,即是乞讨者、托钵僧的意思。最早出现在 10 世纪。

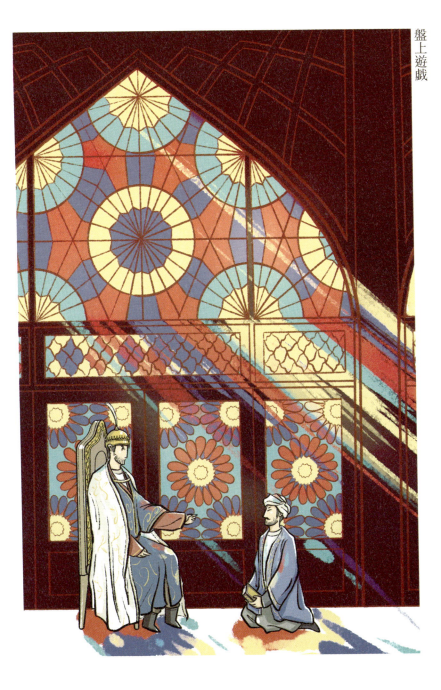

翻了翻皮面的《圣者列传》，粗暴地把书扔到诗人的膝盖上说：

"你随便挑一段读给我听听。如果有趣，我以后就把它放在手边。如果无趣，就和你一起烧了。"

阿塔尔的《圣者列传》有点像是伊斯兰教世界的《黄金传说》，以日本的例子来说，就像是收集了平安末期到镰仓时代间众多往生传的集子。这里面记述了从巴士拉的哈桑到曼苏尔·哈拉共七十二名神秘主义者的言行录和行状记，是波斯语文学中第一部可被称为是圣徒行传的作品。

哈菲兹行了一礼说：

"那么，就从我最喜欢的圣女拉比尔[1]的内容开始读起吧。"

说着，他把书翻到三分之一左右的位置，用难以想象是出自老人之口的洪亮清澈的声音读道：

"根据传说，某次，拉比尔的侍女将成块的脂肪融化，为女主人做汤。因为家里没有洋葱，她就对女主人说：'我去邻居家要一些洋葱来。'但拉比尔说：'四十年前我曾与至

---

[1] 拉比尔（约717年—801年），伊斯兰教的女性神秘主义者，幼年被卖作奴隶，被解放后活跃在巴士拉。被后世尊为"神秘主义的圣女"，流传有许多奇迹。她作为第一个将"爱安拉"的概念引入神秘主义的人而闻名。

高的主约定,除了主之外,我不会请求其他任何人。如果没有洋葱的话,那就没有吧。'这时候突然飞来一只鸟,剥开数个洋葱的外皮,细细地切碎后投进了锅里。可是拉比尔没有喝一口这锅里的汤,只吃了面包。她这样说道:'人们必须随时留心恶魔的圈套。'"

"无聊的故事。愚不可及。下一个。"帖木儿焦躁地说道。

哈菲兹又行了一礼,开始读道:

"根据传说,某次,拉比尔登上了一座高山。于是,居住在山上的羚羊都来围在她身边。她被羚羊们守护着,非常安全。此时巴士拉的哈桑出现了。于是所有的羚羊都逃走了。'拉比尔啊,'哈桑说道,'为什么羚羊见到我就逃走,见到你却不逃走呢?'拉比尔问道:'你今天吃了什么呢?'哈桑回答:'我今天吃了和脂肪块一起煮的汤。'于是拉比尔说:'看到吃了野兽脂肪的你,野兽们当然会逃开了。'"

"这个也很无聊。就没什么有趣的故事吗?下一个。"

面对帖木儿的催促,哈菲兹坦然地继续读道:

"根据传说,某次,拉比尔坐在幼发拉底河的岸边。巴士拉的哈桑看到后,就将自己礼拜用的绒毯投在水面上,跳上绒毯说:'拉比尔啊,到水上来叩拜两次祈祷吧。''师长啊，'拉比尔笑着说，'那样的事情任何人都能做到。我让您看看普通人做不到的事情吧。'说着，她把自己礼拜用的绒毯投向空中，跳到绒毯上喊道：'哈桑啊，请到这边来。这里更安静，并且不容易被俗人的眼看到。'说完，她又可怜哈桑，继续说道：'师长啊，您所做的事情是鱼也可以做到的。我所做的事情是苍蝇也可以做到的。而最紧要的，不是达到鱼和苍蝇都做不到的更高境地吗？'"

哈菲兹的朗读声停下后，周围陷入一片沉默。最终帖木儿开口说道：

"这个故事多少还有点意思。鱼和苍蝇都做不到的事吗？阿塔尔的《圣者列传》我就放在手边，在打仗的间隙里慢慢看看好了。"

在设拉子，征服者设下军营的庭院里盛开着许多大得不自然的、光泽照人的蔷薇花。

帖木儿让人把椅子搬到营帐外，盘腿坐在上面。他如平日一样戴着带护面和头饰的头盔，手里拿着顶端饰有牛头盖骨的黄金笏板。在七十年的人生中，他从未在他人面前展示过头裹头巾的形象。不戴头盔的时候，他也总是戴着饰有红宝石的貂皮无边帽。

哈菲兹退下时，帖木儿尖锐的声音从背后传来：

"诗人啊，我饶你一命。不是因为爱惜你身为诗人的力量,而是觉得等你到了阿塔尔的境界时再杀也不迟。到那时,我也将成为成吉思汗那样的征服者吧。你千万别忘了这点。"

※　※　※

1401 年 7 月 10 日,从小亚细亚率军返回的帖木儿依次攻占了叙利亚的阿勒颇[1]、哈马[2]、大马士革等要塞,最终攻陷了叛乱的中心巴格达[3]。

巴格达攻城战完全不像攻占伊斯法罕和设拉子的时候那么轻松。城市被坚固的城墙环绕,居民们都很清楚战败后自己将面临的命运,他们毫不畏惧美索不达米亚那让人难以忍受的夏天,顽强地抵抗着。这一年的气温似乎是破纪录的,根据年代记的记述,在空中飞行的鸟甚至都曾被烧死并掉到地上。在长达四十天的围城战中,侵略军用上了弩炮和投石机等所有攻城武器。到了最后,7 月 10 日正午,帖木儿下令全军突击。被称为平安之都的要塞都市巴

---

　　1 阿勒颇,叙利亚北部城市,阿勒颇省的首府。占据了幼发拉底河和地中海之间的关键位置,是古代商路上的重要地点。

　　2 哈马,叙利亚中部大马士革以北的城市,也是哈马省的首府,为现叙利亚第五大城市。

　　3 巴格达,伊拉克首都,同时也是伊拉克巴格达省的首府,为伊拉克最大城市及经济文化中心。

格达不到一个小时就沦陷了，委身于狂暴的蒙古士兵们的蹂躏之下。

又有一说，说守卫巴格达城墙的叙利亚士兵把他们的头盔留在堞口上，以为能巧妙地骗过敌人，而自己则退到凉爽的树荫下去享受他们习惯的午睡。当然，这种用滥了的手段没能骗过帖木儿麾下身经百战的老兵们。

怒涛般涌入巴格达街道的士兵们屠杀了所有八岁以上的居民。除了医院、清真寺和学校以外，所有的民居都被焚之一炬。而在焦土之上，侵略者将九万颗被砍下来的头颅用石膏定型，建起了一百二十座金字塔。这是为了表示巴格达的完全抵抗被视为比伊斯法罕人杀害驻守士兵更重的罪行。自从哈伦·拉希德[1]辉煌的治世以来汇集了世界上所有财富的巴格达，就这样化为面目全非的废墟。

有趣的是，在这里帖木儿显示出了对诗人、艺术家、宗教家和学者们的仁慈。他不仅放过了他们的性命，还拨给他们旅费和马匹，暗示他们逃往其他城镇。这件事被记录

1　哈伦·拉希德（763年—809年）是阿拔斯王朝的第五代哈里发。他是阿拔斯王朝第三任哈里发阿尔·马赫迪之子，在786年继其兄阿尔·哈迪之位，在位期间为王朝最强盛的时代。曾亲率军队入侵拜占廷的小亚细亚。其首都巴格达为世界第一流的城市，人口多达一百万，也是国际贸易中心。拉希德曾出现在故事集《一千零一夜》中。

在史书上,确实是可信的事实。这同时也是在为呼罗珊[1]的都城萨卜泽瓦尔[2]建筑新城时,在城墙里活埋了两千名男子作为人柱的那个帖木儿。他展现出的这种对于宗教和艺术的仁慈,确实有点让人难以理解。按理来说,在征服者的意识中,一般民众应该只相当于是西洋棋的棋子。这样说来,帖木儿似乎很喜欢西洋棋。他极少数的娱乐之一就是坐在西洋棋盘旁。

另一点我想提醒读者注意的是,帖木儿那破坏和杀戮欲望最为不幸的牺牲者,正是这个时代亚洲地区文明和文化最发达的城市,也就是伊斯法罕、大马士革和巴格达这三城。这简直是有意识的。可以想见,帖木儿无法抑制对这些文明都市、文化都市的嫉妒与愤怒。他拼了命地想要把本国的首都撒马尔罕打造成世界最美的城市。而为了达成这个目的,他不择手段。只要把波斯的伊斯法罕、叙利亚的大马士革、美索不达米亚的巴格达破坏得体无完肤,那么撒马尔罕的地位自然就得到了提高,这道理显而易见。他果

1　呼罗珊,是今天伊朗东部及北部的一个地区名。呼罗珊这个词源于波斯语,意思是"太阳初升的地方"。波斯时期的呼罗珊省又称大呼罗珊,包括今天伊朗、阿富汗、塔吉克斯坦、土库曼斯坦和乌兹别克斯坦的各一部分地区。

2　萨卜泽瓦尔是伊朗东北部的城市,由礼萨呼罗珊省负责管辖,是古代丝绸之路上的重镇之一。

断地按照这个道理行动了。

而大马士革被焚毁,则发生在巴格达沦陷前三个半月,也就是 1401 年 3 月 29 日。

历史学家伊本·赫勒敦[1]当时正侍奉于该地区的统治者、亚美尼亚的马木留克王朝[2]。他加入了从开罗奔赴此地的防卫军,然后抓住了这个与征服者面对面的机会。伊本·赫勒敦以马立克派[3]大法官的身份,偷偷地离开被围困的大马士革,翻过城墙冲进了帖木儿的军营。那是发生在 1401 年 1 月 10 日的事。

历史学家初次拜访蒙古军军营的时候,帖木儿正在营帐里和侧近们一起,围成一圈吃饭。蒙古军首屈一指的学者——出身于花剌子模、精通阿拉伯语的阿卜杜勒·贾巴尔·本·努阿曼被指名充当翻译。

---

1 伊本·赫勒敦(1332 年—1406 年),出生于今天的突尼斯,阿拉伯穆斯林学者、史学家、经济学家、社会学家,被视为人口统计学之父。他自幼跟从父亲学习《古兰经》和阿拉伯文,又到宰图那大学学习深造,受到系统的伊斯兰教育。1352 年开始从政。1378 年写成《历史绪论》。

2 马木留克王朝(1250 年—1517 年)是一个奴隶制的国家。分前后二期:前期名为伯海里王朝,是由钦察突厥奴隶主主政。后期即第二期,从 1382 年开始,名布尔吉王朝,由高加索人、特别是切尔克斯人组成。

3 马立克派是伊斯兰教法学的一大派别,属于逊尼派。在律法方面,该派别重视圣训。

"大法官,你出生于什么地方?"

"在内马格里布¹。"

"那么,'内'是什么意思?"

"在当地惯用的语言里,是指最远的意思。马格里布位于地中海南岸一带,离这里最近的地区是巴卡²及伊夫里基亚³。中马格里布则是包括提利姆和泽塔纳人的国家的地区。而最远的马格里布则包括摩洛哥和非斯⁴。"

"原来如此。那么在那个马格里布当中,丹吉尔⁵又是在哪里?"

"在地中海西面的尽头,面对着和欧洲之间的狭窄海峡。"

1　马格里布,非洲西北部一地区,阿拉伯语意为"日落之地"。宋代《诸蕃志》译为"默伽猎"。该词在古代原指阿特拉斯山脉至地中海海岸之间的地区,有时也包括穆斯林统治下的西班牙部分地区,后逐渐成为摩洛哥、阿尔及利亚和突尼斯三国的代称。

2　原为古迦太基贵族的家族名,汉尼拔就是出自巴卡家族。"巴卡"在腓尼基语中的意思为"闪电"。由于对伊比利亚半岛的建设贡献颇大,当地及今北非(普兰尼加地区)仍保留有同名的地名。

3　伊夫里基亚是北非中西部的古代称呼。大致上包括现在的突尼斯到阿尔及利亚东部的地区。

4　非斯是摩洛哥王国第四大城市,非斯—布勒曼大区首府,该国著名古都。该城的卡鲁因大学是世界上现存最古老的大学,是阿拉伯和伊斯兰世界的高等学府。

5　丹吉尔是北非国家摩洛哥北部的一个滨海城市,在直布罗陀海峡西面的入口,濒临大西洋及地中海的交界处。

"那么,休达¹呢?

"在同一个海峡,离丹吉尔有一天的路程。从那里坐船渡海去西班牙极为简单。只有大约二十海里的距离。"

"嗯。那么西吉尔马萨²又在哪一带?"

"大概位于北部肥沃的土地和南部的沙漠地带中间。"

问了一圈问题后,帖木儿看上去还是似懂非懂般,他继续说道:

"我还是不太明白。我想让你给我画一幅详细的地图,能让马格里布整个地区一目了然。无论是山脉还是河流还是村庄还是城镇都要巨细无遗。怎么样?"

"如您所愿。"

退出营帐回到宿舍后,伊本·赫勒敦马上开始着手绘制地图。他觉得,如果只是照常画在纸上,大概没什么意思。

此时,大马士革城正被炎炎的火焰所吞噬。火焰最终烧到了伍麦亚王朝³时代的大清真寺上,熔化了穹顶上的铅,

1　休达是西班牙两个位于海外的自治市之一,它位于马格里布的最北部,在直布罗陀海峡附近的地中海沿岸,与摩洛哥接壤。

2　西吉尔马萨是位于摩洛哥东南部的绿洲城市,8世纪到14世纪期间在纵贯撒哈拉沙漠的贸易路线中是个重要的繁荣城镇。

3　伍麦亚王朝,是由伍麦亚家族统治的哈里发国,是阿拉伯帝国的第一个世袭王朝。在伊斯兰教最初四位哈里发的执政结束之后,由阿拉伯帝国的叙利亚总督穆阿维叶(即后来的哈里发穆阿维叶一世)建立。从661年至750年,该王朝是穆斯林世界的统治王朝。

熊熊燃起了青色的火焰,瞬间天花板和墙壁就一起被烧垮了。伊本·赫勒敦在大马士革城周围山丘上的宿舍里,一边构思着受命绘制的地图,一边逐一眺望着这凄惨的景象。

虽然应该算作敌人,但与自己所侍奉的马木留克王朝的苏丹相比,伊本·赫勒敦对这个出生于中亚东北部草原的强大征服者更抱有亲近感。或者,更准确的说法是期待。他偷偷离开被围的大马士革,不顾危险冲进帖木儿的军营,就是为此。帖木儿似乎也听闻过伊本·赫勒敦作为学者及政治家的名声,而实际上见到他后,又被他的口才与态度吸引。征服者显示出了异于常态的善意,其后不仅让伊本·赫勒敦在自己的营地中停留了一个多月之久,还经常给他觐见与共同进餐的机会。在马木留克军中还不曾有人领受过这样的恩典。

伊本·赫勒敦眺望着燃烧中的大马士革,想起了他与征服者第一次见面时的情形。自己完全被征服者那一个问题接一个问题的旺盛好奇心折服。他想道,如果不慎重处理,大概是无法征服那男人的心吧。

不久后伊本·赫勒敦想到一计,他嘴角边不自觉地露出了笑容。第二天,他叮嘱仆人特意到劫后余生的大马士革的巴扎上买了一块没有花纹的礼拜用绒毯,然后在这块绒毯表面用画笔细细地画上了马格里布的地图。

地图绘制好后,伊本·赫勒敦带着作品再次来到帖木儿面前。帖木儿收下地图,格外高兴地说:

"这可真是个有趣的主意。我就将马格里布踩在脚下,叩拜两次进行祈祷吧。这才是鱼和苍蝇都做不到的事情。"

可惜伊本·赫勒敦完全听不懂征服者的这句玩笑话。鱼和苍蝇,到底是指什么呢……

据说后来,帖木儿曾在这块绘有地图的绒毯上,摆上大颗象牙制成的蒙古特有的仿动物棋子,和儿子一起玩过西洋棋。

※　　※　　※

作为卡斯蒂利亚[1]王恩里克三世[2]的特使,从加的斯[3]港口出发的路易·冈萨雷斯·克拉维约[4]一行人,在经

1　卡斯蒂利亚是西班牙历史上的一个王国,由西班牙西北部的老卡斯蒂利亚和中部的新卡斯蒂利亚组成。它逐渐和周边王国融合,形成了西班牙王国。现在西班牙的君主就是从卡斯蒂利亚王国一脉相传。
2　恩里克三世(1379年—1406年),卡斯蒂利亚王国国王。他曾派出多位使者到中亚的帖木儿帝国作为大使以建立联系。
3　加的斯是西班牙西南部的一座滨海城市,加的斯省的省会。
4　路易·冈萨雷斯·德·克拉维约(? —1412年),卡斯蒂利亚王国的外交官、作家。1403年到1405年间,克拉维约受卡斯蒂利亚国王恩里克三世之命拜访了帖木儿。

历了长达一年零四个月的艰难旅程后,终于在1404年9月8日进入撒马尔罕城内,得到了谒见帖木儿的许可。

那时候帖木儿已是六十八岁的高龄,眼睛几乎看不清东西。虽然欧洲人并不罕见,但帖木儿还是特意把克拉维约一行人叫到王座旁,以便看清他们。克拉维约在撒马尔罕停留了三个月时间,在这段时间里帖木儿连日连夜地举办招待宴会。也许是为了牵制同时到访撒马尔罕的中国使节一行,他们受到了特别的厚待与欢迎。他们为东方的征服者带来的礼物,是一只西班牙特产的大隼。

环绕撒马尔罕城绿荫浓密的果园,为此修建的输水水路,以及城内多处贴着金色和蓝色瓷砖的宏伟清真寺和宫殿,都让卡斯蒂利亚人惊叹不已。还有很多清真寺正在修建中,经常能看到帖木儿亲自坐着轿子来到现场,激励工匠们工作。每占领一个波斯城市,帖木儿就会尽数收集装饰该城建筑物的彩釉瓷砖,带回自己的国内,用于撒马尔罕的城市建设。无论是在赫拉特还是设拉子或是伊斯法罕,当地的陶工都免于屠杀,几百名陶工被强行带到撒马尔罕。他从大马士革带回了丝织的手艺人、制弓的工匠、制造玻璃的工人,而从土耳其则带回了火绳枪的技术人员和银工艺的手工艺人等。

随着撒马尔罕的城市建设不断推进,帖木儿看起来正逐渐从游牧民转变为定居在城市里的人,但他的血液里仍然保留着祖辈传下来的游牧民族的基因。他在都市生活的安逸中显然无法得到满足。克拉维约在他的游记中惊讶地写道,撒马尔罕城的宫殿和清真寺总是在重复着建设与破坏。为了纪念帖木儿第一夫人的母亲而建的清真寺,刚完成就被以入口处太低矮的理由毫不吝惜地毁掉了。为了打通道路,也常常会强制拆除密集的民居。城里城外有好几处被果园和庭院环绕的宫殿,帖木儿每隔几天就会从一座宫殿移居到另一座宫殿。一方面是为了防止被刺客盯上,而另一方面,我觉得这是他那喜好移动的游牧民族的精神习惯使然。

克拉维约同时也惊叹于搭设在撒马尔罕的庭院里及近郊露营地上的巨大的豪华帐篷。明明有了宏伟的宫殿,没必要再就近搭设帐篷。但对于他们来说,帐篷里的生活才是最亲切的。因此他们愿意在帐篷里开设酒宴,商人和工匠们也会聚集过来,呈现出一幅整个城市都移动到露营地里来的景象。

停留在撒马尔罕的时候,克拉维约曾多次受到帖木儿召唤,去做他的西洋棋对手。

帖木儿的眼睛已经几乎不能视物,身体衰弱到必须坐轿子才能外出。他似乎想借硕大的象牙棋子满足自己的移动欲望。在棋盘上既有能让他回想起印度远征的大象,也有马和骆驼。对于现在的他而言,这些动物沿着棋盘格纵横奔走的世界才是整个世界。而将欧洲人选作对弈的对手,也许是因为在年老的征服者的脑海里,正漠然地编织着那不可能实现的远征欧洲的梦想。成吉思汗的军队就曾抵达过欧洲。

两人下西洋棋的凉爽庭院里有座喷泉,喷泉前有放养的公孔雀在玩耍。孔雀有时候会胡乱兴奋,当它们那带有卷曲纹路的尾羽完全开屏时,整个尾羽都像是在轻轻扇动一般微微地颤抖着。每当看到这种情形,克拉维约就觉得是帖木儿内心的抑郁投射到了鸟身上,觉得不甚愉快。

帖木儿深知克拉维约是不能喝酒的,但他总是以刁难这位使者为乐。他让人把酒壶和酒杯拿到旁边,在下棋前这样说道:

"法兰克人啊,如果这盘棋你输了,你就要一滴不剩地把这杯酒喝光。懂了吗?懂了吗?"

帖木儿每天都泡在酒里。克拉维约知道,他这是在借酒消除老年的忧愁。他本来眼睛就看不清楚,喝醉后就更加模糊,手指颤颤巍巍地在棋盘上移动棋子。因此每次的棋局都是克拉维约获胜。

棋局的赌注停留在喝不喝酒的阶段时还好,但帖木儿的难题越来越升级,最后他提出了骇人听闻的要求:

"总是赌酒也太没意思了。这次的棋局赌个更大的东西吧。如果你输了,法兰克人啊,你就要马上舍弃基督教进行割礼。懂了吗? 懂了吗?"

这次连克拉维约也不能保持沉默了,他向东方的专制君主发起了殊死的反攻:

"那我也要说了,如果是殿下输了,殿下就要在三个月之内,翻越喜马拉雅山出兵远征。这样你我双方的地位才能说得上是平等。可以吗?"

对克拉维约来说,这是他身为欧洲外交官的正常意见。就在两年前,基督教世界刚刚有过桥头堡君士坦丁堡被奥斯曼土耳其的巴耶塞特[1]威胁的苦涩经历,因此他们想要让东方征服者的视线尽可能地投往更东方。而在帖木儿耳里,克拉维约的话听起来完全是别的意思。年老征服者的自尊心受到了伤害,眼看着变得面红耳赤起来。因为成吉思汗的帝国就曾毁灭过汉族人建立的王朝。

1　这里指巴耶塞特一世(1360 年—1403 年),奥斯曼帝国的苏丹,执政时期从 1389 年到 1402 年。1391 年巴耶塞特率军围攻拜占庭帝国的首都君士坦丁堡。在拜占庭皇帝约翰五世的请求下,一支新的十字军被组织起来欲打败奥斯曼帝国,但以失败告终。君士坦丁堡被围至 1401 年。1400 年,帖木儿成功令一些原本臣服于奥斯曼帝国的王国与他一起夹击巴耶塞特。1402 年 7 月 20 日,在决定巴耶塞特命运的安哥拉之战中,巴耶塞特被帖木儿俘虏。

他们下了三盘棋。第一盘，第二盘，以及第三盘棋，都以帖木儿的惨败告终。克拉维约幸免于切除包皮之难，松了口气。

1404年12月27日，尽管已经重病缠身，帖木儿仍然从撒马尔罕出发，踏上了远征中国之路。根据年代记记载，他率领的大军有二十万之众。人们预想这场战争会极其困难。即使绕过喜马拉雅山，在抵达目的地之前还要翻越天山和阿尔泰诸山，除此之外必须穿越众多的险阻，比如大河和沙漠。为了尽可能减少困难，帖木儿决定在严冬开战。在严峻的冬天里，能比较容易地骑马渡过冻结的河面。而且在敌人意料不到的时候，也许就能突袭成功。

为了鼓舞士气，帖木儿下令制作了红底上绣黄金龙的华丽军旗。他又让士兵们穿上制服，以便于白刃战时区分敌我双方。之前蒙古军一直穿的是颜色芜杂不一的服装，甚至有不少人穿上了厚厚的毛皮。帖木儿决心用颜色统一军队。骑兵的制服、马身装饰、枪和箭囊都是红色的。别的部队有用黄色的或白色的。

帖木儿生病一事被严格地加以保密，除了近亲之外无人知晓。必须由帖木儿来指挥整支军队。在这支拼凑起来的军队中，本来命令就很难得以贯彻。如果帖木儿重病缠身、去日无多的消息传遍全军上下，很难想象整支军队会陷入何等的混乱状态。

蒙古军越过冻结的锡尔河[1]到达讹答剌[2]之后，就陷入了动弹不得的境地。冬天比预想的更加严峻，军队无法继续前进，马和士兵都开始因严寒而倒毙。他们虽然习惯了草原上的反常气候，但不擅于面对冰雪严寒。尽管如此，帖木儿仍然没有发布退兵的命令。对中国的远征即使无法在帖木儿这一代完成，其继承者也必须继续下去，这是至高无上的命令。帖木儿最终于第二年的 1 月 19 日力竭而亡。

克拉维约在返回欧洲途中，在阿塞拜疆的大不里士[3]听到了帖木儿猝死的消息。后来，他虽然写了游记，却故意对棋局的赌注一事只字未提。

---

1 锡尔河，中国古称药杀水，也即叶河，中、下游流经沙漠地区，是中亚著名内流河。

2 讹答剌，位于哈萨克斯坦南哈萨克斯坦州奇姆肯特市阿雷思河和锡尔河交汇处。花剌子模王国东方重镇。

3 大不里士，中国古称桃里寺，伊朗西北部城市，是东阿塞拜疆省的首府。

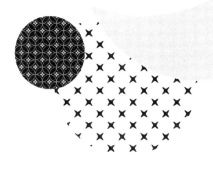

阉人，或无辜的证明

在亚历山大大帝死后不过五六十年的时候，希腊文化的风潮汹涌地渗透到东方腹地，一时间，各地都陆续建起了希腊风格的城镇。安提阿城[1]可以说是这股希腊文化风潮的中心之一。这里有一名侍奉叙利亚王室的青年名叫科巴博斯，他早年学习建筑，虽是弱龄却被视为这个行业中一流的人物，名声甚至传到了叙利亚王的耳中。建筑学在当时是一门极为重要且必需的学问，是个涵盖了几何学、物理学乃至土木技术、机械技术，重理论但同时也极为实用的技术体系。而当时的叙利亚王安条克一世[2]非常喜欢根据希腊的制式兴修土木工程，因此国王所需要的有才能的建筑师们广受尊重，在安提阿城内八面威风。再加上科巴博斯是个举世罕见的美男子，在城里极受女子欢迎，风光一时无两。

某天，科巴博斯受到国王召唤，前往王宫侍奉。国王正在等他，一看到他进来就让他坐下，说了下面这番话。

1　安提阿，又名安条克，是奥龙特斯河东侧的一个古老城市。其遗址位于现在土耳其的城市安塔基亚。公元前4世纪末由亚历山大大帝的将领之一塞琉古一世建立。

2　安条克一世（前324年—前261年），塞琉古帝国国王，前294年至前261年在位。他是塞琉古帝国的建立者"胜利者"塞琉古一世和王后阿帕玛的儿子。约从前294年至前281年，他与父亲共同统治帝国，前281年父亲去世后开始独自统治。

大意是，我有事想要拜托于你，你能不能担任我的妻子——斯特拉托尼丝王妃的护卫，和她一起沿幼发拉底河南下，旅行到美索不达米亚的塞琉西亚[1]一带？倒也不是为了别的，王妃最近在梦中受了神托，要在幼发拉底河畔一块适宜的土地上为女神朱诺新建一座神庙。你是一名建筑师，而且年富力强，理智出众，要和王妃一起踏上漫长的旅途，没有比你更合适的人选了。神庙务必要在三年内建成。在神庙建成之日的破晓，该地将被命名为希拉波利斯[2]，它将作为圣地永受万民尊崇。你的名声也将和神庙一起永垂不朽。

听国王这样说，科巴博斯陷入了深重的忧郁。虽然他仅仅见过鳞光片羽，但安条克一世的妻子斯特拉托尼丝王妃可是名扬海外的绝世美女。和这样的女人一起离开都城踏上漫长的旅途，骑着骆驼穿越诸多沙漠及绿洲，前往连名字都还没有的偏远之地，最后到底会怎样呢？且不说建成

1　塞琉西亚又称底格里斯河畔塞琉西亚，是希腊化时代和罗马时代的一座大城市，坐落于美索不达米亚的底格里斯河畔，与俄庇斯（日后的泰西封）对望。在亚历山大大帝逝世后，他的继业者之一塞琉古一世在前305年前后建立塞琉西亚，准备作为日后的首都。但后来塞琉古帝国把首都迁移到了叙利亚北部的安提阿。

2　希拉波利斯是温泉顶部的古希腊城市，位于土耳其西南部，靠近代尼兹利。

神庙前的三年时间自己就被绑在那块偏远的土地上了，简
直是不能不让人心生忧愁。俗话说男女之情似远实近，有
那样的美女在身边，说不定自己在这三年中会迷上王妃。
不，即使自己不迷上王妃，说不定王妃也会迷上自己。不
不，就算自己和王妃都守身如玉、谨言慎行，也很难断言王
妃的丈夫——国王本人不会在王妃远行期间疑心生暗鬼，
怀疑两人的关系。别说断言不断言了，在不远的将来，国王
必然会对自己提议凑到一起的这一对俊男美女抱有疑心。
科巴博斯一边听着国王的陈述，一边在脑中闪过了这些
念头。

　　科巴博斯时常会意识到自己的美貌，深信所有的女人
都如身怀危险的炸弹一般，有迷上自己的可能。但让他对
和王妃一起踏上漫长的旅途感到不安的理由，还有另外一
点。他深知国王和现在的王妃是怎样结合到一起的。国王
的爱情故事广为世间所知。而他打算把自己心爱的妻子托
付给美貌的青年，让他们一起前往美索不达米亚，这种心态
简直脱离常人的思维，让人无法理解。这里虽然有点离题，
但需要先提及一下这位国王的爱情故事。

　　原本美女斯特拉托尼丝是著名的猛将——马其顿王德

米特里一世[1]的女儿。根据塞琉古帝国的创立者塞琉古一世的要求，她首先成了他的第二任妻子。然而塞琉古一世和前妻的儿子安条克偷偷地爱上了这位年轻的继母，茶饭不思以致重病缠身，日渐消瘦。安条克没有对任何人说起过自己的爱情。想来是因为他认为自己的恋情无望开花结果吧。他的父亲不明其因，让御医埃拉西斯特拉图斯[2]去诊治自己的儿子。埃拉西斯特拉图斯一眼就看出这是恋爱的病症，并打算查明王子恋情的对象。在有女性访客到房间里来探病时，他就仔细观察王子的反应。等到斯特拉托尼丝来访时，病床上的安条克瞬时面红耳赤，头晕目眩，汗流浃背，几乎发不出声音，脉搏跳得异常地快。

这位埃拉西斯特拉图斯医生是亚历山大学派的代表人物，特别是以心脏及血管方面的研究闻名于世。他曾进行过人类活体解剖，因而被后世的学者诟病。这名老奸巨猾的医生轻易看出了年轻的王子相思病的对象，告诉了国王。国王为了拯救儿子，决心自己退出，与斯特拉托尼丝离婚，

1　德米特里一世（前337年—前283年），安条克王朝的国王，在前294年—前288年据有马其顿王位。他在瓜分亚历山大大帝遗产的继承者战争中，是其父最主要的帮手，也是希腊化时代初期著名的军事统帅。

2　埃拉西斯特拉图斯（前304年—前250年），古希腊解剖学家，塞琉古王国君主塞琉古一世的御用医生。

又把她嫁给了儿子。做父亲的居然溺爱儿子至此，能答应这种事，这虽然让人目瞪口呆，但流传下来的故事里确实就是这么写的。这件事后来在普鲁塔克的《希腊罗马名人传》里也被提及，可见在当时是举世皆知的轶闻，而科巴博斯当然也会知道此事。

科巴博斯反复对国王说，自己还只是个年轻人，学业未成，实在没有自信能担此大业，还务请免除这个重任。国王并没有答应。所谓国王，就是一言既出就绝不撤回，对方越是反对就越是固执己见的存在。安条克既然是国王，自然也不例外。更何况国王正打算对青年表示过分的善意。而从科巴博斯的立场来说，也不可能对国王说出"早晚主公自己也肯定会被妒火点燃，这种轻率的计划还是放弃了为好，祸根要及早断绝"的话来。

那么斯特拉托尼丝又是怎么想的呢？对此抱有疑问，原是理所当然的。是她在梦中得到神示，最先向国王提出在幼发拉底河畔建筑朱诺女神庙的计划，因此她应该确实很想前往美索不达米亚进行长途旅行。但选中科巴博斯作为同行者的究竟是不是她，就不得而知了。询问国王或许能知道这是否是她自己的意愿，但科巴博斯没敢问。也许是斯特拉托尼丝看上了美貌的建筑师，想和他共同享受逃离都城之旅。也许她是想在没有国王的地方大展拳脚。对于科巴博斯来说,这只能是个不解之谜。

斯特拉托尼丝是马其顿王的女儿。而晚于她两百多年出生,同样混有马其顿王室的血脉,出自埃及托勒密王室的克里奥佩特拉[1]是她的同族。我不认为从这里能找到探究她心理的线索,而科巴博斯想必也没指望过这种时代错位的比较心理学。只不过是后世的我们能在两者间找到共通之处,能在不负责任地描绘妖妇形象的过程中找到点乐趣而已。

青年退出王宫返回家中之后,陷入了深刻的烦恼。他烦恼得要死。和王妃一起踏上旅途的任务,不由分说地被推到了他身上。既然国王的嫉妒迟早肯定会发生,那么回国后等着他的就只有死路一条。而且这还是一条明明自己并未染指,却要被烙上通奸烙印的不光彩的死路。到底要怎样做才能免于这种不光彩的死? 到底要怎么样做才能证明自己是无辜的呢?

青年迅速下了决断。他一旦执着于一件事,就会将其

1　克里奥佩特拉七世,即后人所说的"埃及艳后"。她属于托勒密王朝,这个王朝的第一代君主是亚历山大大帝的将领托勒密一世。而从谱系图上看,在推崇近亲婚姻的托勒密王家中,她的三对高祖父母共六人里有五人都是托勒密一世的子孙。而唯一来自托勒密王室外部的高祖是托勒密五世的妻子及共同执政者克里奥佩特拉一世——塞琉古王朝的公主、安条克三世的女儿。

他的一切就排斥于视野外视而不见。烦恼的科巴博斯必须在死或性中做出选择。于是他想到以主动放弃男性功能的痛切代价，来免于不光彩的死，来证明自己的无辜。他决定自发成为阉人，以断绝国王嫉妒的根源。

这算是一桩应当被耻笑的愚行吗？我觉得未必。其理由我将在后面的故事进展中提及。而在这里我只想说，这名青年不顾一切的行动，并不妨碍我与他产生共鸣。他这种贸然的行为确实过于轻率，只是径自沉浸在他自己的妄想中；但我不能否认我在他的决断中看到了果敢，看到了清高之心。我想，在决心给自己去势的时候，科巴博斯的眼中大概就已经没有国王和王妃的存在了吧。

科巴博斯用锋利的刀将自己的阳具及阴囊一刀割下，用香料做了仔细的防腐处理后，装在盒子里用蜜蜡封了起来。

在他和王妃出发前往美索不达米亚前，他当着在座的廷臣将盒子交给国王，并请国王慎重保管这盒子，直到自己完成任务平安归来那天。他说对于自己来说，这盒子里的东西比任何金银珠宝更贵重，和自己的生命几乎同等重要。

国王接过密封的盒子交给侍从，命侍从将其慎重地保管在王宫里的金库中。国王并不知道，这里面的东西正是

他未来会产生的嫉妒的根源,以及能从这嫉妒中证明其主
人无辜的活祭。

※　※　※

17 世纪法国有个性情古怪的文人名叫查理·昂西
隆[1],在写下献给皮埃尔·培尔[2]的书信的同时,写了本题
为《阉人论》的书。在这本书里,有一章阐述的是为何要对
男子施以宫刑。这里面的内容与科巴博斯的故事的主题有
一定关联,因此容我在此介绍一下概要——也就是关于去
势动机的分类。

根据传说,历史上第一个阉人案例,是被亚述女王塞弥
拉弥斯[3]宠爱的男人们。他们因为女王的嫉妒而被施以宫
刑。女王对战士们在和她共度一晚后还会去寻求其他女人

1　查理·昂西隆(1659 年—1715 年),法国法学家和外交家。

2　皮埃尔·培尔(1647 年—1706 年),法国思想家。著有《历
史批判词典》等著作,对历史观进行怀疑性的分析,是启蒙思想的先
驱者。

3　在古希腊神话中,塞弥拉弥斯是尼诺斯国王的王后,并接替了
他的亚述王位。传说她是女神得耳刻托的女儿。阿弗洛狄忒使得耳
刻托疯狂地爱上了叙利亚青年坎斯特洛斯,但在生下女儿后她又出于
羞愧抛夫弃子。孩子被一群鸽子养大,其名字塞弥拉弥斯在叙利亚语
中意为"鸽子养大的"。她同时也被认为是贞操带的发明者。史学家
阿米安·马塞林相信,她第一个将男人阉割为太监。

一事感到不快，因此阉割了他们所有人。这听起来有点像是纳斯尔塔的玛格丽特王妃的故事[1]的古代版本，并不特别可信。

---

[1]　纳斯尔塔事件是法国国王"美男子"腓力四世在位期间法国王室的著名丑闻，发生于1314年。

腓力四世有三个儿子，路易即后来的路易十世娶了勃艮第公爵罗贝尔二世的女儿玛格丽特，腓力即后来的腓力五世娶了勃艮第伯爵奥托四世的大女儿让娜，查理即后来的查理四世娶了勃艮第伯爵的小女儿布朗什。

1313年，腓力四世的女儿——已是英国王后的伊莎贝拉及其丈夫爱德华二世访问法国，伊莎贝拉向她的哥哥和嫂子们分别赠送了亲手制作的绣花荷包。回英国后，伊莎贝拉发现自己赠给嫂子玛格丽特和布朗什的荷包分别被两名诺曼骑士戈蒂艾·德·奥尔奈和腓力·德·奥尔奈兄弟带在腰上。伊莎贝拉据此判断嫂子和这两人有奸情，在1314年年初再次访法时告知了兄长和父亲。

腓力四世经过调查发现，布朗什和玛格丽特与这两人在巴黎的纳斯尔塔中寻欢作乐已有一段时间。纳斯尔塔坐落在塞纳河左岸，是巴黎城老城墙中的一个塔楼，随着巴黎城扩容，已经没有太多军事功用。腓力四世在1304年把它买了下来。

戈蒂艾和腓力随即被捕，在拷问后两人承认和公主们已经持续了三年多的奸情：腓力是玛格丽特的情人，戈蒂艾则和布朗什有染。兄弟俩在蓬图瓦兹被公开处刑，阉割后被剥皮，最后在绞盘上分尸。残缺不全的尸体被挂在木架子上任其腐烂，以儆效尤。

玛格丽特和布朗什也以通奸罪被起诉。虽然没有证据显示让娜有情人，但她对两位妯娌的行为知情不报，后来也被起诉参与了通奸。

纳斯尔塔这起丑闻严重打击了法国王室的威望，也影响了后来的王位继承。1315年，诉讼一年之后，腓力四世去世，路易十世即位。直到最后这三兄弟也没能留下直系的男性子嗣，卡佩王朝的主支就此断绝。1328年，查理四世去世后，查理四世的堂兄安茹伯爵腓力六世继位，从而开始了法国历史上的瓦卢瓦王朝。

一般被广泛理解的阉人的作用是监视后宫中的妻妾们。中国的历史上会产生宦官，起初的动机也是基于此吧。希腊语中的阉人即 eunuch 一词原本意指"守护婚床的人"，但后来有段时间它背离了当初的目的，被用来指那些出于淫秽的目的而被阉割的美少年。像塞内卡和圣额我略·纳齐安[1]等道德家就曾对此做过严厉批判。

在因种种动机而产生的阉人中，最应引起注意的就是自宫，为敬奉神而自愿牺牲自己的阳根的人。像弗里吉亚[2]的库柏勒[3]信徒及以弗所[4]的狄安娜信徒等就属于这

1　圣额我略·纳齐安，或称格列高利·纳齐安（330 年—389年），生于小亚西亚阿里安特斯，4 世纪教会教父。

2　弗里吉亚是安纳托利亚历史上的一个地区，位于今土耳其中西部。

3　库柏勒是弗里吉亚所信仰的地母神。她如同希腊神话中的大地之母盖亚和米诺斯的瑞亚，代表了肥沃的土地，为溶洞、山峦、墙壁、堡垒、自然、野生动物（特别是狮子与蜜蜂）之神，是天上众神和地上万物的母亲。对库柏勒的崇拜在小亚细亚十分盛行，并从那里传遍了整个希腊，随后又传入了罗马。传说库柏勒爱上了年轻英俊的农神阿提斯（一说阿提斯是库柏勒的随从），但不久后阿提斯就背弃了库柏勒，又和一个凡间少女相爱。当他们举行婚礼的时候，库柏勒突然出现，她在一气之下令所有参加婚礼的人都发了疯，阿提斯也未能幸免，独自跑到深山自阉而死。

4　以弗所是古希腊人在小亚细亚建立的一个大城市，圣母玛利亚终老其身于此。以弗所位于加斯他河注入爱琴海的河口（今属土耳其）。从罗马共和国开始，以弗所就是亚细亚省的省会，以亚底米神庙（女神狄安娜的首要神龛）、图书馆和戏院著称。

种。基督教徒中也有基于此类动机阉割自己的人。比如说 3 世纪时的俄利根[1]，他就依照圣经中"因为有生来是阉人，也有被人阉的，并有为天国的缘故自阉的。这话谁能领受就可以领受"[2]中的内容阉割了自己。为此他后来被逐出了亚历山大港。

而将俄利根的这种行为做极端化及普遍化解释，宣称不成为阉人就无法进入天国这种教义的，是同样生于 3 世纪，出生于阿拉伯的瓦伦斯[3]。这明显违反了尼西亚公会议的决定。据称瓦伦斯教派的人不仅阉割自己，也会强制为信徒实施阉割手术。这就违背了圣经中"自阉"的教诲。

还有另外一种广为人知的情况，是为了保住少年美丽的声音而进行阉割。马克罗比乌斯[4]在《农神祭》中就有论

1　俄利根（185 年—254 年），生于亚历山大港，卒于凯撒利亚，是基督教中希腊教父的代表人物，更是亚历山大学派的重要代表。据早期教会历史学家优西比乌记载，俄利根依据马太福音 19 章 12 节而阉割了自己。

2　马太福音 19:12。

3　瓦伦斯教派，4 世纪时基督教派别之一。该教派认为，阉割是信仰的必要条件。据说，这个教派的成员除了阉割自己，还以保证他人永久幸福的名义，阉割了所有接受他们的殷勤好客而留宿的客人。

4　马克罗比乌斯，约公元 4 世纪前后古罗马作家。著有七卷本的《农神祭》。

及此事,因此这并不仅是在近代意大利罗马教廷或歌剧剧场里才会出现的情况。

阉人也会成为邪恶商人们的交易物品。昂西隆举例说明的布兰王国不知是哪个年代哪个地方的国度,但据称每年该国会向各国卖出两万名阉人。而希罗多德的《历史》第八卷记载[1],薛西斯[2]在位的时候,岐奥斯岛[3]的商人帕尼欧纽斯会把少年们去势后高价出售。

除此之外,用战争或刑罚使对方处于屈辱状态,也是人类对他人进行阉割的动机。常常会有与哲学家阿伯拉

---

[1] 希罗多德《历史》卷八第105:"海尔摩提莫斯就是从这个佩达撒出身的。他为了加到他身上的不正行为,而进行了人类当中我所知道的最残酷的报复。他曾为敌人所俘和出卖,买他的是岐奥斯人帕尼欧纽斯,这是一个立身处世极其污秽的人物。他总是取得容貌秀丽的男童,把他们阉割然后把他们带到撒尔迪斯和以弗所去,就在那里把他们以高价出手;在异邦人眼里,宦官比正常的人要值钱,因为他们对宦官是完全信任的。而海尔摩提莫斯就是帕尼欧纽斯为了做生意而阉割的许多人中间的一个,不过海尔摩提莫斯还不算是在一切事情上都不幸的。原来,他随同其他的呈献品从撒尔迪斯被带到国王那里去,久而久之,他在克谢尔克谢斯(薛西斯)的宦官中间获得了最大的荣宠。"见希罗多德:《历史》,王以铸译,商务印书馆,1959年,第601—602页。

[2] 根据前面提及的希罗多德《历史》所描述的时代,这里指的是波斯帝国的薛西斯一世(约前519年—前465年)。

[3] 希腊第五大岛屿,位于爱琴海东部,距安纳托利亚(今属土耳其)海岸仅七公里。据称,这里是荷马、希波克拉底甚至哥伦布的故乡。

尔[1]的悲惨故事相似的情形发生——为了个人的复仇而对诱惑了年轻姑娘的男人加以阉割。在日耳曼的《萨利克法典》[2]中，就明确记述有犯下通奸罪的奴隶必须被处以宫刑的内容。

上述这些就是查理·昂西隆在《阉人论》中论述的所有关于动机的分类。在此基础上，我想加上一些我自己考察的阉人论。

让我们顺着时间轴来概观欧洲范围内阉人的势力移动。一开始，阉人兴起于以波斯为中心的中近东，而在亚历山大大帝去世后，开始逐渐渗入希腊世界，由东自西与希腊化风潮形成了逆流。随后，他们渗入了帝政下的罗马，特别是在3世纪埃拉伽巴路斯[3]皇帝的时候达到了顶峰。在西

1　彼得·阿伯拉尔（1079年—1142年），法国著名神学家。他在巴黎主教座堂担任教师讲师时，爱上了教士富尔贝尔十七岁的侄女哀绿绮思。这对恋人双双逃往布列塔尼秘密结婚，并生有一子。不久后哀绿绮思为了阿伯拉尔的前途（如果结婚就没法当神学院院长）否认这桩婚姻，此举遭到局外人的误会，哀绿绮思的叔父以为阿伯拉尔欺骗其侄女的感情，于是设计陷害阿伯拉尔，派人将他施以宫刑。

2　《萨利克法典》发源于法兰克人萨利克部族中通行的各种习惯法。在公元6世纪初，这些习惯法被法兰克帝国国王克洛维一世汇编为法律。

3　埃拉伽巴路斯（约203年—222年），或译埃拉加巴卢斯，罗马帝国第二十五任皇帝，塞维鲁王朝皇帝，218年—222年在位。他是罗马帝国建立以来，第一位出身自帝国东方——叙利亚——的皇帝。

欧，阉人的势力此后就没有更多发展，而是转向了拜占庭世界。只要看看东罗马帝国皇帝阿卡狄奥斯[1]的宰相优特罗皮乌斯、查士丁尼一世[2]的将军纳尔西斯、贝利萨留[3]将军的副官所罗门这些例子，就可以得知阉人在拜占庭世界里，在政治及军事领域中是何等活跃。

我特别着眼的是公元 3 世纪初的时候。公元 185 年，俄利根出生于亚历山大港。大约二十年后的 204 年，未来的罗马皇帝埃拉伽巴路斯诞生于安提阿。为什么要把这两个人拎出来说呢？因为根据我的观点，这两人在讲述阉人的历史时是不可欠缺的人物。前者出于宗教的热情而自宫，这一点上文已经说过。而后者埃拉伽巴路斯——虽说根据卡西乌斯·迪奥[4]和其他人的记述是有进行过自宫，

1　弗拉维·阿卡狄奥斯·奥古斯都（377 年或 378 年—408 年），东罗马帝国皇帝。在位初期受大臣鲁菲努斯支配；鲁菲努斯因作恶多端被黜后，阿卡狄奥斯又信任宦官优特罗皮乌斯。因两任宠臣的统治，在阿卡狄奥斯统治东罗马帝国的十四年间，政治一直处于黑暗状态。

2　查士丁尼一世，即弗拉维·伯多禄·塞巴提乌斯·查士丁尼（约 483 年—565 年），东罗马帝国皇帝。他收复了许多失土，重建圣索菲亚教堂，并编纂《查士丁尼法典》，也被称为查士丁尼大帝。

3　贝利萨留（505 年—565 年），生于色雷斯，东罗马帝国皇帝查士丁尼一世麾下名将，北非和意大利的征服者。

4　卡西乌斯·迪奥（150 年—235 年），古罗马政治家与历史学家，著有从公元前 8 世纪中期罗马王政时代到公元 3 世纪早期罗马帝国的历史著作。

但这一点相当值得怀疑。他更应以去势的研究者、阉人的爱好者或庇护者而被记住。我想说，3世纪是一个阉人哲学开花结果、空前繁荣的时代。

　　不必由我来重申了，那个时代是诸神混在的时代。伊西斯、塞拉比斯[1]、库柏勒、密特拉[2]等神的信仰在民众间有着强大的势力。塞普提米乌斯·塞维鲁皇帝的王妃、卡拉卡拉皇帝的母亲朱莉娅·多姆娜，就曾命宫廷哲学家菲洛斯特拉托斯写下那个颇像是骗子的泰安那的阿波罗尼奥斯的传记。亚历山大·塞维鲁皇帝[3]的母亲，亦即埃拉伽巴路斯皇帝的姨母朱莉娅·莫米娅，也曾把俄利根召唤到安提阿讲授基督教。埃拉伽巴路斯曾经和俄利根在同一个时期生活了十几年时间，很难说他们会毫无交流。

――――――――――

　　1　塞拉比斯是希腊化时代的埃及神祇。亚历山大的塞拉潘神殿是最有名的塞拉比斯神殿。391年，神殿被亚历山大主教提阿非罗拆毁。

　　2　密特拉是一个古老的印度—伊朗神祇，在被希腊—罗马文化接受后形成了一种新的信仰——密特拉教。密特拉最初进入希腊人的视野是在亚历山大大帝东征后的希腊化时期，希腊人把他等同于希腊神话中的太阳神赫利俄斯。大约在前2世纪，密特拉—赫利俄斯变成了以后密特拉教中的主神密特拉斯，而后密特拉崇拜在罗马军队中广泛流行，成为士兵的普遍信仰，并扩展到不列颠和莱茵河这些帝国的边缘地区。

　　3　亚历山大·塞维鲁（208年—235年），罗马帝国第二十六任皇帝，也是罗马帝国塞维鲁王朝的最后一个皇帝，222年—235年在位。

　　虽然这个时代正处于宗教的混沌之中，但必须认识到，这个时代也有一种期待一神教出现的强烈趋势。埃拉伽巴路斯那疯疯癫癫的自我神化的实验，也要在这种环境下才能被理解。同时也应认识到，在这个时代科技发挥了强大的作用。前面我说到过，亚历山大学派的埃拉西斯特拉图斯或许进行过会被后世学者非议的危险的活体解剖。显然，如果没有这种医学上的秘密知识乃至技术，是不可能实现阉人的批量生产的。正因为明有形而上学而暗有科学技术，数量惊人的阉人才会在3世纪出现。

　　柏拉图在《会饮篇》中提到，太初的人类有三种，分别是男性、女性和两性共有者。按这个性别的排列组合来看，我觉得应该还有一种类型，要么是柏拉图忘了写进去，要么就是他无意识中漏下没写。那自然就是无性者。随着伟大的潘神之死，异教世界在微光中渐渐没落，这些无性者即阉人走到历史舞台上，也就是顺理成章的事情。性器可拆卸的观点，恐怕是在亚历山大港成为文化中心时，凭借当时的科技力量，首次被引入到性的形而上学概念中的。即使它和基督教携手出现，也没什么好奇怪的。

　　这样看来，无论是埃拉伽巴路斯还是俄利根，都是一边梦想着一神教的出现，一边把无性者也就是阉人，当作其人类肉体上具体的表现。作为两性共有愿望的对立面，阉人愿望大概构成了他们宗教情绪的内核。用安托南·阿尔托[1]的话来说，就是"真正的男人没有性器"，他们中无论哪一个都孜孜不倦地力图成为一个真正的男人。

说到两性共有的愿望，历史上大概不会有人比埃拉伽巴路斯对这个对立又统一的概念抱有更加炽烈的念头了。正因为如此，尽管那样深入阉人哲学，他最终还是没有斩断自己的阳根。根据传闻，他曾经从亚历山大港召来医生，想给自己的身体上开出一个阴道。曾经让柏拉图震惊不已的黄金时代的梦想，就这样转眼之间，在一个人的肉体上得到了实现。3世纪就是这样一个怪物般的时代。

科巴博斯的故事的背景是塞琉古王朝时代，因此远早于3世纪。但如果科巴博斯的故事是因远远晚于那个时代的作家们的想象力而出现的话，那么是不是也可以说，3世纪前后的时代气氛同样也反映在了这个故事里呢？

※ ※ ※

三年之后，科巴博斯和王妃一起返回了安提阿城。在这三年时间里，科巴博斯和王妃在幼发拉底河畔过着怎样

---

1 安托南·阿尔托（1896年—1948年），法国诗人、演员和戏剧理论家。

的生活,进行过怎样的交谈,曾有过怎样的思绪,这些都无
从得知。但既然他们两人回到了都城,那么毫无疑问,希拉
波利斯的朱诺神庙确实是完工了。不曾违背三年之约,顺
利让神庙得以竣工的年轻建筑师的努力值得充分赞赏。关
于这一点,想必国王也不会抱有异议吧。

但国王看着这两名年轻男女时的眼神,与三年前相比
简直是判若两人。正如科巴博斯所预想的,国王看到归来
的二人,燃起了熊熊的妒火。事情发展得过于符合预期,科
巴博斯反而有些不知所措了。而最终仍如他所料。自己那
装在盒子里被割下的部分肉体,打消掉国王所有的疑惑和
猜忌。最后的王牌,终于还是发挥了万能的效果。

科巴博斯的密友们声称,不能只让他一个人承受不幸,
他们也一起挥刀切掉了他们自己的男性器官。他们将"对不
幸的人最大的安慰,就是分担他的不幸"这句古来已有的箴
言付诸实施。后来在希拉波利斯的神庙里,朱诺女神的祭司
们每年都会举行仪式进行集体自宫,起源就是这件事。

如果这个故事搁笔于此,那就只不过是把希拉波利斯
的起源简单重述了一遍而已,这让我有些不情不愿。我的
小小心愿是想根据另一个传说,从另外一个角度给这个故
事打打光,让它显得更有立体感一些。

根据这个另外的传说,斯特拉托尼丝王妃和科巴博斯

之间并非无辜，也并非洁白无瑕。

在确定了要和建筑师一起出发前往美索不达米亚的计划之后，某晚，斯特拉托尼丝悄悄把青年召唤到了位于安提阿城郊外奥龙特斯河1边王妃专用的离宫里。说明一下：在这个时代东方的宫廷里，女人们的通奸并不罕见。夜风满载着黎巴嫩杉的芳香拂过河面，在河边昏暗的庭院中，两人手挽着手散了一会儿步，剧情就沿着它必然会走的轨迹继续发展，两人进入了只有他们的寝室。

科巴博斯原本是个年轻且身强体健的男子，因容貌俊美深受女人们的欢迎。他在床上接待女人的次数数不胜数，无论是在心理上还是生理上都不应对情事的准备有所偏差。但这时出现了意想不到的情况。

他情欲的尖兵，此时最需要它展示本领的器官，却不知为何事到临头不肯如平时一般服从他的命令。他心里越是烧得火热，它就越是冷冰冰地缩着。面对王妃一动不动的雪白裸体，他满心羞愧，满身大汗。

简单来说，他正处于司汤达笔下所谓 fiasco 的状态。司汤达解释说，这是神经质的人特有的一种因为感情过剩

1　奥龙特斯河也译作欧朗提斯河，又称为阿西河，是中东地区的一条跨国河流。发源于黎巴嫩的贝卡谷地，向北流经叙利亚、土耳其，在土耳其的安塔基亚北部萨曼达注入地中海。全长三百九十六公里。

或是想象力而导致的失败。科巴博斯恐怕也是属于这一类
的人吧。

后面发生的事情在表面上和前面讲过的故事一模一样。
科巴博斯深受打击,回到自己家中后深为苦恼。他决心斩断
自己耻辱的根源。他用锋利的刀将自己的阳根一刀割下,用
香料做了仔细的防腐处理后,装在盒子里用蜜蜡封了起来。

然后这个盒子当然就不是送去给国王,而是送给了斯
特拉托尼丝王妃。行为本身并无差异,但盒子里装的东西
所代表的意义就完全不同了。科巴博斯因侮辱了王妃而自
断其根。他的自宫行为并非无罪的证明,而正是有罪的
证明。

且不管怎么说,盒子被保管在王宫的金库里,两人踏上
了漫长的旅途。在踏上旅途时,科巴博斯就已经不是个正
常男人,而是个阉人了。

我想道,如果希拉波利斯神庙的祭司们进行献祭仪式
的起源是科巴博斯和斯特拉托尼丝的这个故事,那么第二
个版本难道不是更符合实情吗?因为最终,科巴博斯在第
二个版本里把他的阳根献给了大地母神。

既然总归是要失去阳根的,和献给国王相比,献给王妃
显然要好得多。会这么想,大概也是因为我的世俗之心吧。

海市蜃楼

　　据《史记·秦始皇本纪》记载,秦始皇即位后第二十八年,齐人徐福上书至皇帝说:"海中有三座神山,名曰蓬莱、方丈、瀛洲,应有仙人居之。望准臣率童男童女前去寻访神山。"这段历史世人皆知,但是其详情如何,却并非世人皆知——因为没有留下记录。而我接下来要讲的,就是没有留下记录的这一段内容。

　　当时在山东半岛的北部沿海地区——也就是齐、燕诸国中,神仙道盛行一时。诸侯们无人不重用方士。而方士中也有许多人吹得天花乱坠,讨诸侯欢心,以图利用诸侯为所欲为。尔后诸侯为秦所灭,秦始皇统一天下。于是这些骗子方士就像是围着腐肉的蝇群一般围着秦始皇一拥而上。他们各显神通,把求仙求药的事吹得天花乱坠。秦始皇本人大概也因为盛况不再,一年比一年更加渴求长生不老的奇迹,显示出积极听取方士意见的倾向来,使得骗子方士们的活跃甚嚣尘上。最后,皇帝对他们一次又一次的虚妄之言感到怒火中烧,逮捕了四百六十多名没能拿出成果的方士,悉数处以坑埋之刑,此事见于本纪三十五年。世间称此为坑儒,但与其说是警示儒生,这事的主要目的其实是对方士们的杀一儆百。

　　徐福向秦始皇上书发生在这一臭名昭著的坑儒事件的几年之前。夸下海口要越洋寻访三神山,并从皇帝的口袋里掏出巨额经费之后,如果不能拿出成果,别说是无颜再见秦始皇,自己的身家性命也会有危险,这一点徐福是很清楚的。毕竟他的计划和其他大批方士们的小把戏相比,规模实在是过于宏大了。对于此事,徐福是否真的有胜算呢?

某日,徐福被召唤到咸阳宫。秦始皇想听徐福亲口讲述即将开始的渡海计划的详细情况。

咸阳宫横跨渭水南北两岸,是一座极尽复杂奇诡的宏伟宫殿。每次增建离宫和别馆时,它的范围就会不断向外扩张,连接各建筑物的甬道和复道纵横交错,整体上像是鼹鼠在地下挖出来的巨大迷宫。所谓甬道,是指为了防止皇帝步行时被人看到而在两侧筑有墙壁的通道;而所谓复道,是指上层专供皇帝走路用的两层式走廊。徐福被官员带着在宫殿中兜兜转转,不知不觉中完全丧失了方向感。他不知自己正位于何处,是怎样走到这里来的。走廊上处处可见巨大的金人,那是秦始皇统一天下时没收全国的武器集聚咸阳,熔铸而成的。金人一脸厉色地耸然而立,睨视着突然的闯入者。刻有奇怪纹样的巨大青铜乐器,仿佛是拷问用的工具一般悄无声息地排列在路边。徐福感觉自己像是闯入了一个无法逃离的噩梦,一路上心中惴惴不安,还没来到秦始皇面前,就早已汗流浃背。

也许是因为平日服用了太多古怪的仙丹,秦始皇仿佛是梦中人一般徘徊于玉座之厅。他的皮肤干枯苍白，眼睛半睁，眼神并无焦点，视线浮于半空之中。厅中弥漫着强烈的冰片香气，十分呛人。那香气的出处正是皇帝面前桌上的一个奇特道具——高约二十公分的博山炉。这是一种镶金嵌银的青铜制香炉，形状让人联想起水池中生长出的圆锥形莲花花蕾。仔细观察就会发现，这被一茎撑起的莲花花蕾，盖子是模仿浮于海上的岛山的形状而造。香炉盖上开了几个小孔，薄烟从孔中袅袅而上。徐福跪拜在秦始皇面前战战兢兢抬起头的时候，首先映入眼帘的正是这状如花蕾的博山炉。不知为何，徐福感到这形状异常吸引自己，有一瞬间甚至忘了自己是在皇帝跟前，只是在思绪深处想着要把这东西据为己有。

等到被侍从催促，徐福才恍然回神，颠三倒四地讲了起来。他讲着讲着，竟觉得自己前前后后所说的内容严丝合缝，觉得自己从很久以前就对这一套东西深信不疑。这种感觉让他深感奇妙。

"臣以为三神山位于渤海之中。虽然离人界并不遥远，但一旦有船只接近，须臾之间就会起风将船只推离，因此不曾有过一人上岛。神山远眺如云，近看却仿佛在水面之下，十分奇妙。然远古之时，竟有登岛之人。据传神山上有仙人栖居，生有不死仙草，名曰养神芝。宫殿皆由金银所造，

鸟兽俱为白色。珠玉琅玕之树,枝叶繁茂,每逢有风吹过便
会当啷作响。"

秦始皇一直似听非听,此时他短短地笑了一声。徐福
像是抓到了救命稻草一般,提高了嗓门,开始编造起更加荒
诞无稽的内容来:

"实际上,所谓三神山不过是最近才有的称呼,原本岛
有五座,即岱舆、员峤、方丈、蓬莱、瀛洲五岛,这五岛无所支
撑,常随潮波上下往还,因此天帝曾命五只巨鳌,于根基处
支撑之,后龙王国有巨人至,取走两根基之鳌,岱舆与员峤
两山随波而逝,仅余三神山。[1] 此三山之中,最著名者乃蓬
莱山;臣欲出船探访者,除此岛之外不做他想。"

秦始皇又尖利地笑了一声。徐福惊讶地抬起头,就看
见皇帝伸出右手指着桌上的博山炉。徐福不由得凝神看向
那花蕾般形状的博山炉。原来那博山炉正是蓬莱山的形
状,莲花花蕾的部分是如花瓣般起伏层叠的山体。那山体
被一只状似高脚杯杯脚般的东西固定在龟背上,龟则蟠踞
于做成海面状的托盘正中。看到自己刚刚说明过的蓬莱山
地形学构造被这小小的香炉具体展现了出来,徐福稍稍吃
了一惊。他几乎怀疑自己的眼睛。自己不过是信口开河,

1　语见《列子·汤问》。

不过是将浮现在脑海中的概念转化为语言而已。但它却已经具备了虽小却肉眼可见的形体,实实在在地存在于咸阳宫中这最深处的玉座之厅,秦始皇眼前的桌子上。

"陛下对你陈述之事极为满意。即令你速速出发前去探寻蓬莱山。"

徐福心不在焉地听着侍从说的话,平安无事地退出了咸阳宫。但他脑海里像是笼罩了一层雾气一般,有种无法从梦中完全醒转的不真实之感。

回到家中后,他一五一十地说给妻子听。神经质的妻子皱起眉头,对他的信口开河大加嘲讽:

"你打算怎么办啊? 拿到大笔的赏赐是好,但事情可没这么简单啊。海里有座蓬莱山什么的,你不是也没当真过吗?"

"信不信这事儿,也不好一口说死。有还是没有,也不是靠我一个人就能决定的。"

"也就是说你要去找那可能不存在的东西咯? 愚不可及。"

"有可能不存在。说不好,也有可能存在。"

"也就是说,你认为是真有咯?"

"你真啰嗦。不就是因为不知道有没有才要去找的吗?去找肯定有的东西,那还算是什么找嘛。原本所谓寻找,指的就是这么回事。"

徐福嘴上用歪理对抗着妻子的现实主义，脑海中分毫毕现地浮现出那尊在咸阳宫的玉座之厅看到的博山炉，那尊仿佛是自己信口开河的言辞凝聚成形一般的、小小的香炉。既然自己的言辞已经以一尊香炉的形态成为现实，那么以巨大的海中之岛的形态再次成为现实，也不是不可能的事。老实说，徐福对于海中有蓬莱山一事并不抱有坚定的信心。不信归不信，随着博山炉的印象在他脑海中越来越强烈，他也越来越相信蓬莱山的存在。这便是从半信半疑的状态渐次转移，最后相信的心理占据了更大的比重。通过实际存在的小小香炉形象，徐福看到了应存在于大海另一边的真正的蓬莱山。

所谓的相信，究竟是怎么一回事呢？我想每个人在孩童时期都有过类似的经历。于我而言，虽然与蓬莱山稍有不同，但我也曾专心寻找过现实中不应存在的宝物。作为幕间剧，就让我来说说这件事吧。

※　※　※

每年夏天我都会和父母在房总半岛靠近太平洋那一侧的海岸呆上一段时间。我记得那是小学三年级或四年级的夏天发生的事。我和四五个朋友一起，踩着会刺痛赤脚板的松针,打算穿过松林跑到沙滩上。这里说的朋友是指村里同龄的孩子们,他们和来自东京的我在夏天会有所来往。我跑着跑着,看到松林中的草丛里有东西闪闪发光。那是个玻璃般透明的物体,而且经过切割。那到底是什么呢?该不会是钻石吧。我一边这么想着,脚下的速度并未放慢,也没有回头看,跟在朋友身后一口气跑到了沙滩上。我在岸边的沙滩上孩子气地玩水玩沙时,内心深处却频频回想起经过松林时瞥见的那个发光的不明物体。我非常介意。最后我终于忍不住,对朋友说道:

"我说,我刚才在松林里看到有钻石。"

"哎?钻石?"

"嗯。闪了一下光。那个绝对不是玻璃。"

"骗人的吧。"

"没骗你,是真的。"

"骗人的吧。那种东西怎么可能掉在松林里。"

奇怪的是,越是被朋友否认,越是被嘲笑,我心里就越发坚定地相信那是钻石。到了最后,我也分不清是自己想去相信,还是自己确实相信,于是我扔下朋友急急忙忙地跑向松林。从岸边到松林有相当一段距离,富含铁质且被晒热的沙子烙着脚底。我蹒跚着翻过沙丘,冲进了树林里,满身大汗喘着粗气把刚才看到的草丛翻了个遍。但别说是钻石了，连块玻璃碎片都没找到。那是场白日梦吗？而我当时只是顽固地一心想着："糟了。晚了一步。被人捡走了。"

我摇摇晃晃地走出了树林。戴着草帽的母亲从另一边走过来，一看到我的脸就说：

"怎么了？这么惨白的一张脸。"

那时候我受到了巨大的冲击，感到茫然若失。当然，我现在已经不是那种会因此受到打击的敏感的人了。

※　※　※

徐福是个精神强健的中年男性。信与不信这种事，在他身上不会引发我少年时那样愚蠢单纯的反应，他更不会因为事不如愿就深受打击。正如他妻子所担心的，徐福完全是一个不靠谱的人，如果没有秦始皇的特别催促，他肯定会把寻找蓬莱山的重要约定撂在一边，终日悠闲地饮酒。他拿到了大笔钱作为渡海的准备资金，就算十年不工作光喝酒也是绰绰有余的。就算不去找蓬莱山，仙境不也已经在眼前了吗？那还要去找什么蓬莱山呢？在醉眼朦胧中，徐福的脑中模模糊糊地浮现出这个念头。曾经让他兴奋不已的博山炉的形象，如今在他的记忆中也已经淡漠到不可寻了。

但世事总是不遂人愿。徐福抛下渡海一事、自甘堕落以酒为生的流言传到了秦始皇的耳中。秦始皇开始产生了疑念,屡屡派官员到他家进行严格审议。每到此时,徐福就不得不用尽全身解数勉强辩白。要么就说冬天里风大浪急要等到春天。要么就说近海出现了大鲛会阻挠渡海,需要先解决大鲛的问题。要么就说信得过的船长被大鲛吃了,必须得赶快找个替代的人。每个借口都只能拖延一时。

最后他终于被逼得走投无路,所有的借口都用完了。徐福不情不愿地行动了起来。他一个人飘然出发去了山东半岛的北部沿海地区。直到这时为止,他都还没有见过大海。总之得先看看大海是什么样子,其他事就等看过再说。

徐福具体是去了山东半岛北岸的哪一处看海,并无确实的记录。应该是三山或之罘,又或是成山,这些渤海边的·秦始皇巡幸地之一。他的行程没有明确目的,只要能找到个海边就行。那也正是春天,田园里桃花盛开,正是适于旅行的季节。

抵达海边的村落后,徐福每天就只是找块合用的岩石躺在上面,眺望着春日平稳的海面打发日子。他无事可做。不,更准确的说法是他什么点子也想不出来。一开始他眺望大海的时候,也并没有产生特别的感触。只是觉得如果这就是大海的话,那自己早就知道了。

某次,当徐福正一如往常地躺在石头上不经意地眺望着海滩的时候,出现了一个奇妙的现象。

一开始只是在海天交会之处涌出一个色彩斑斓变幻莫测的云团,转眼之间云团就铺满了整个天空,显现出一个体积无比巨大的形态。在不同的人看来,那也许像是层层宝塔,或是楼阁,或是放大到无边无际的三足鼎,又或者是爵,又或者是瓠。起初云团向四面八方奔流,形态暧昧,若真若幻,难以辨识。但最终它形成了一个明确的形体。正是那座博山炉的形状。徐福大叫一声,慌忙从石头上跳了起来。他揉揉眼睛再三看向海滩,那毫无疑问正是咸阳宫的玉座之厅里那座小香炉的形状,也就是海中岛山的形状。

徐福大笑了起来,嘟哝道:"果然如此。"接着,像是妻子站在身边一样,他用冲着她说话的口吻,自语道:

"你看,果然有蓬莱山吧。这事儿用不着你操心,懂了吗?"

过了不到十天功夫,徐福发现蓬莱山的传闻就传遍了帝都内外。

秦始皇为之狂喜,马上命令侍从开始制造用于渡海的大型船只,征集要与徐福同乘的童男童女,以及募集熟练的船长与海员。

咸阳的方士们对徐福有所发现一事报以强烈的怀疑,

甚至有人称徐福为贪婪欺诈之徒,对他的言行极尽谩骂之
能事。有一次,他们中的几个人充当先锋对徐福进行了彻
底的盘问。

"你说你发现了蓬莱山。但,有证据证明那确实是蓬莱
山吗?"其中一人问道。

徐福不慌不乱。他的信心毫不动摇。

"证据当然是有的。"他回答道。

"是什么样的证据?"

"我从以前就知道蓬莱山。而这次新发现的蓬莱山,和
我所知的蓬莱山在形状上毫无二致。没什么比这更好的证
据了。"

"你既然恬不知耻地说你知道,那你是从哪里知
道的?"

"早在诞生之前就已经刻印在我脑中了。我只不过是
等待它以真实的形态具现于外部世界而已。所谓发现一
事,大抵不过如此。"

"少拿你那套观念论出来招摇撞骗了。再说了,你那套
理论不过是贻笑大方的废话谬误而已。"

又有另一个人挤了进来,用另一种观点加以攻击:

"你说你看到了浮在海面上的岛山。据说在那一带沿
岸,特别是在气候温暖的春夏之间,贝类吐出的气会凝聚成

形并漂到空中。因为空中经常会出现楼台或城郭的形状，所以世间称此为空中楼阁或是海市蜃楼。你看到的难道不是这海市蜃楼的现象吗？"

"倒是你，这么说到底有什么证据？你自诩为物理学家，但在我看来，不过是让人笑破肚皮而已。退一步来说，假设那真的是贝类吐出的气，而它真的变成了现实中的某种形态，那不就应该承认它是实际存在的吗？如果我能进入海市蜃楼，如进入咸阳宫中一般，你又要如何用物理学解释这现象呢？"

"这还用得着解释吗？简直是让人吃惊的痴人说梦。跟你没法谈。"

然后又来了一个人，试图拿另一套观点击垮徐福的主张。他说：

"你说你无巧不巧，在出生之前就已经知道了蓬莱山的事。这种倒错，明显应当看作是心理学上的病症。你大概是那种容易被固有观念框住的人吧，无论是多么崭新的体验，都会认为以前自己曾经经历过。同一次的经历，在你看来曾在过往的时间中多次重复。"

"这句话让我原封不动地还给你，心理学家先生。把东西看成是好几重的，其实是你的那双眼睛吧。你就跟戴上了度数不合的眼镜一般，没法把一个事物只看作是一个事物。这就必然会产生差错,而你把这些都当成是全新的体验。我则和你正相反,我所注视的一直都只有这世上唯一的本质。"

"那么,你所声称发现的渤海中的蓬莱山,也是这唯一的本质吗?"

"确实是。这唯一的本质出现在了海上。也会出现在其他地方。本质是普遍存在的。"

"比如说,哪里?"

"在博山炉之中。"

"那是你的错觉。那么小的东西,怎么能和蓬莱山一样巨大的岛山相提并论?"

"正是因为你戴着有色眼镜,事物看起来才会有大有小。"

"不不,你才戴着有色眼镜,把所有东西视为同一物的颠倒是非的眼镜。我算是不想再跟你这种人讨论下去了。"

讨论终于变成了争吵,方士们以徐福一人为对手进行的论战,最终没能得出任何结论。

秦始皇本纪三十七年,某个天气晴朗的日子,徐福让大船启程,出航寻找漂浮于渤海近海的蓬莱山。秦始皇率百僚到岸边,声势浩大地为船队送行。从此之后,徐福便音信杳然,生死不明。

　　在一度成为话题中心的徐福行踪不明之后，各种流言满天飞。有人说徐福已经到了蓬莱山，正生活在那座岛上，搞不好都已经成仙了。也有人说，不对，徐福的船已经遇难了，和众多的童男童女一起化作了海底的尘埃。也有人信誓旦旦地说，徐福笔直地朝着海市蜃楼就冲了过去，肯定是被海上幻影连船带人一起给吞了。散布这种流言的，大概是曾与徐福论战过的方士吧。

　　秦始皇自从数年前起就为原因不明的病症所苦，曾一日千秋地等着徐福回来，但最终还是等不及，带着大臣和公子们到东方巡幸去了。他沿着山东半岛的海岸从琅邪来到之罘，漫无目的地眺望了一阵渤海，觉得愚不可及，打算返回咸阳。这时他的病情突然恶化，奄奄一息。这时秦始皇也不再忌惮周围的人，对徐福的忘恩负义破口大骂。在前后近十年时间里，徐福胡编乱造，从皇帝口袋里捞了大笔金钱，最终逃到海上去了，秦始皇当然会勃然大怒。七月丙寅之日，秦始皇大骂着徐福，崩于沙丘平台宫。是年不过四十九岁。如果徐福能从蓬莱山采来不老不死的灵草，加急赶到皇帝枕边，也许还能阻止这降临得过早的死亡。但看来命运并不愿意这样展开。

※　※　※

唐代开元年间,从秦始皇的朝代算起来大约是在九百年后,那是唐玄宗的年代。接下来的故事就发生在这开元年间。

彼时,士人中有人患上了一种半身枯黑的病。无论是怎样的名医都无法治愈这种怪病。半身枯黑是怎样的怪病,我不是为其命名的古代中国人,所以很难想象,但仅观其字面就让人觉得不祥,这也就够了。某时,有人对患上这种病的士人说:"据传渤海中有神仙居住,若请其治疗,必能康复。"

士人大喜,从登州登船出海,顺风航行了十来天,漂流到了一座孤岛。孤岛上有数百名童男童女正玩得开心。士人看到离岸不远的地方有名童女正在洗药草,就靠近去问道:

"你们到底是何方人氏?"

于是童女笑而答道:

"我们都是和徐君一起乘船渡海之人。"

士人听到徐君,却不知指的是什么,于是又问了一次。童女颇感意外地说道:

"哎呀,真不像话。你连秦始皇时代的徐福都不知道吗。我们称作徐君的,就是徐福。"

"原来如此。若说徐福的话,确实是有所耳闻。他差不

多是一千年前的人了，一时不察。这样说来，居于渤海中的
神仙，就是指这位徐福了？ 如果真是这样，请务必让我见上
一见。"

"徐君栖居的宫殿在这座岛另一侧的江滩上。要翻过
一座小山。我来带路吧。"

士人跟在童女身后，来到一处三面环山的小小江滩。
该处有一小片沙滩，但看不到有宫殿耸立于此。士人正觉
得不可思议，四下张望时，童女手里拿着耙子开始扒拉起海
岸附近的沙滩来。她从含水的沙子里刨出几个贝壳，其中
特别大的一个——大概是蛤类——的壳打开后，里面出来
了一个小小的白发老翁，让士人吓了一跳。

童女笑嘻嘻地对老翁说：

"徐君，今天我带来了一个罕见的客人。"

后面发生的事就不必细述了。士人服下根据徐福的处
方制成的几颗黑药后，怪病很快得以痊愈。

我的钻石虽然在松林中如烟雾一般消失了，但徐福不
愧是个方士，他找到了将海市蜃楼固化成实体的秘法。证
据就是将会吐气的活生生的贝类当作自己的宫殿。我要到
何年何月才能像徐福一样掌握这种秘法呢，光是想想都觉
得遥遥无期。不过，即使能勉力掌握这种秘法，我现在想发
现的，也早已不是钻石这种孩子气的宝石了吧。

隔空操作

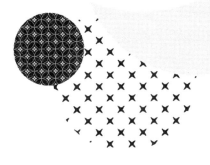

我曾听说萨德侯爵的第五代或是第六代子孙现今仍生活在法国的某处,但做梦也没想到这个人今年会突然跑到日本来。现在这个喷气机的时代,世界变得越来越小,什么人跑到日本来都不奇怪,我也可以当作他和我毫不相干。我确实是萨德文学在日本的介绍者,但也不会因此和他孙子的孙子的孙子辈分的人扯上什么关系。就算是萨德本人,我也只是在纸面上打过交道,而在现实层面上没有任何联系。那个在二百四十年前——江户中期的元文年间,在遥远的大洋彼岸用法语呱呱坠地的人,那个终其一生大概见都没见到过日本人的法国人,我能跟他扯上什么关系?但随着这位萨德侯爵的后裔的访日日期越来越近,却开始有人频频打电话到我家。有要求对谈的,有要求采访的,有要求一起参加午餐会的,都是这种。打电话来的净是一些滑头的记者。

"怎么说将萨德在日本宣传开来的是老师您本人,从这个责任上来说,您也务必得点这个头……"

"瞎说什么呢。我的原则是绝不参加对谈和座谈会,你们也知道吧。更何况对方不是洋鬼子吗? 我很少用洋鬼子这说法,但这种时候我就有充分的理由要用。不是我自夸,就算是去法国,我也一句法语都不讲。我可不想被看扁了。"

"只不过是不会说法语而已，也不用讲得这么神气吧。这样只要配个翻译……"

"不需要。那种东西，绝对不要。而且我下周打算去京都来着。"

"哎，真的吗？您这该不是临阵脱逃吧。"

"喂喂，什么叫临阵脱逃，话不能说得这么难听。我这边可是三个月前就跟老婆约好了的，事到如今可没法临时改动。"

"这时候拿太太出来当挡箭牌还真是让人始料未及啊。也就是说，您是要和太太结伴去京都奢侈一下咯？"

"就是这么回事。正好我也想去吃秋天的海鳗了。"

"哎，还真是拿您没办法。"

简而言之，我嫌麻烦。我既不是相声演员[1]也不是播音员，要发言实在是太麻烦了；既不是主持人也不是推销员，要跟不认识的人见面实在是太麻烦了。尽管如此，这世上却多的是好事之人，不停地要跟座谈会啦对谈啦，甚至是演讲这种难上加难的事情扯上关系。我不干。我身上绝没有那种服务精神。

出门旅行要说麻烦也确实麻烦。所以我每次出门必定

---

1 此处原文为"落语家"，类似于单口相声演员。

有老婆同行。只要有她在，我在旅行途中就可以一言不发。在巴黎的旅馆里，她明明连一个法语字母都不认识，却可以拿着写有片假名的纸片打电话说些什么"阿泼鲁特·莫娃……"¹之类的，让人把我们要的东西拿到房间来。在日本国内旅行时，就简直是耀武扬威。她会不闻不问地直接替我拿主意，而我只要跟呆在家里时一样，在自己身边布下厚重的、由沉默和安逸织成的防护网，舒舒服服地继续旅行就行了。若非如此，我是无心出门一游的。

我的京都之旅与那位萨德先生访日行程的重合虽然只能说是巧合，但如果没有在电话里斩钉截铁地回答记者，这次旅行也许终将落空。很难说是出于什么动机——原本动机或势头这种东西，不就是我们无意识中牵强附会地制造出来的吗？

我在小田原站坐上了新干线"回声号"²的绿色车厢³。萨德的末裔这等幽灵般的人物，早就被从我脑子里清出去

<hr>

1 法语"apportez-moi"（给我……）的音译。这里指夫人用日文标音的法语要求客房服务，因此发音相当不标准。

2 这是日本 JR 东海在东海道新干线东京和新大阪站间，以及 JR 西日本在山阳新干线新大阪站和博多站间运行的特别急行列车。在沿途各站均停。其名字源于"木灵"——古人认为山谷间的回音现象为山神或寄宿于树木中的精灵回应而来，"木灵"与"回声"在日文中的读音相同。

3 新干线的绿色车厢相当于高铁的一等座。

了。一直记着那种事，肯定会糟蹋了难得的旅游情绪。

正如我每次旅行时的情形一样，此时车厢内空空荡荡的。在车站窗口买票是老婆的任务。虽然拿不出特别让人心服口服的理由，但比起"光号"[1]我更喜欢"回声号"。要勉强说的话，大概是因为它跑得比较慢。跑得太快的火车（不，说错了，新干线是电车）已经不像是地面上的交通工具了，让我觉得很没意思。而且从东京到名古屋这么长一段路，连一站都不停这简直是荒唐至极。会到站停车的才是电车吧。守点本分行不行。

座席与座席之间的过道，会有推着推车做车内推销的女孩子经过。大概是因为车厢里空荡荡的，我感觉她们差不多每隔五分钟就会经过一次。

"来一份静冈特产的芥末腌菜怎么样？"

我虽然没有仔细分辨，但似乎有一个女孩会将"怎么样"的语音拖长成"怎——么——样——啊——"。卖东西的女孩有胖的瘦的、高的矮的，交替着经过。只有"怎——么——样——啊——"的女孩子，脸圆圆的显得特别妩媚。我想，她创造了自己独有的发音方式，想来脑筋也应该不错吧。

---

1 是 JR 东海在东海道新干线和 JR 西日本在山阳新干线新大阪站和博多站间运行的特别急行列车。从东海道新干线正式通车时就已经存在。它曾经是全线最快的列车。

遠隔操作

我想喝啤酒，但可惜的是"怎——么——样——啊——"的这女孩是专卖芥末腌菜的，而我也不可能在这地方买芥末腌菜。原本想着不会有人好事到在新干线的列车里买这东西，结果让我吃惊的是，斜后方座位上一个看起来像是普通职员的年轻男子有些不好意思地买了一份。那大概也是"怎——么——样——啊——"的效果吧。

我对老婆说："我想喝罐装啤酒了，给我买一罐。"老婆就喊来女孩买了罐装啤酒。然后我又对老婆说："给我打开。"于是老婆就把啤酒罐打开了。开啤酒罐是我不擅长的事情。不知为何，只要由我来开，啤酒必然会喷出来弄脏裤子。我总是在想，难道没有更简单一些的开罐方法吗？比如说在啤酒罐上装个蝙蝠伞伞柄处那样的按钮，只要用指尖按一下，"啪"的一声，它就会自动打开。

此时我突然想起，在《法华验记》或是《今昔物语》里，曾有过这样的故事。（回家后一查，发现这个故事不仅出现在《法华验记》和《今昔物语》里，甚至在《发心集》里也有。）

有个名叫义睿的僧人，曾翻山渡海走遍各地的灵验之所修行佛法。他从熊野出发翻越大峰山脉[1]前往金峰山的

1　位于日本奈良县南部，是横贯纪伊山地中部南北走向的山脉。

途中，曾一度迷失方向。他原本打算吹法螺贝，利用声波反射造成的雷达效应探明方向，但未能如愿。又爬上山顶四下瞭望，目力所及之处尽是深山幽谷，越发分不清方向。就这样迷路了十几天，当他走得精疲力竭之时，义睿向自己礼拜的正佛一心祈祷能走到有人烟的地方。或许是佛祖保佑，他终于抵达了一处略微平坦的林地。林间有一幢僧舍。僧舍不像是在深山老林中，建筑极为华美，宽阔的前庭铺着白沙，庭院中草木郁郁葱葱。奇花异果，草木果林，净是些令人惊奇之物。

　　义睿大喜。他靠近僧舍一看，房里有一位年方二十、年轻美貌的僧人，姿态威严地在读《法华经》。其声深远，仿若琴瑟鸣奏。该僧读完一卷后，本以为他会将经书置于经案上，却不料展开的经书跳到空中，一圈圈自行卷了起来。在《法华验记》中记为"那经跃于空中，由轴到封皮自然卷起结纽，置于案上如旧"。《今昔物语》的记述也是大同小异。而在《发心集》中则记为"那经不经人手，自卷如旧"。这样的事一遍又一遍地重复着，那僧人把经文从第一卷到第八卷读了个遍。

　　我非常喜欢这个故事。一想到摊开在桌子上的经卷以卷轴为中心，让人眼花缭乱地一圈圈卷好，不知为何就会觉得神清气爽。那年轻美貌的和尚无疑身具奇妙的法力，又或者他也像我一样怕麻烦。关于这一点,无论是《法华验记》还是《今昔物语》中都没有记述。如果有日本文学研究者能帮忙研究一下就好了。

事关开啤酒罐尚且可以将就,但对我这种在工作上经常要把书籍拿进拿出、打开合上的人来说,这个和尚所具有的某种隔空操作的法力,实在是让人羡慕不已。我在脑子里描绘出我想要的书从书库里的书架上顺溜溜地脱出的光景,书本飘飘忽忽地飞到我跟前,翻到我想看的页数,无声无息地停泊在我眼前的书桌上。等用完了,就又会"啪"的一声,自动合上,飘飘忽忽地飞回书库吧。

我在新干线上一口气喝光了罐装啤酒,脱掉鞋子把脚放在脚凳上,放倒座席的椅背,沉沉地睡了一阵子。等我醒来的时候,电车已经行经滨名湖的湖畔了。

"来一份静冈特产的芥末腌菜怎——么——样——啊——"

列车早就开过了静冈县,但她仍然前来叫卖。按这架势,只怕是要一直持续到抵达京都为止吧。真是辛苦了,我想。

说出来也许会被人笑话,从东京到京都的新干线沿线诸地,我最喜欢的就是滨名湖这一带。要说原因的话,是因为透过车窗能看到这一带有很多四四方方的人工水池(大概是鳗鱼的养殖场），水池里有小型水车水沫飞溅地骨碌碌快速转动着。有时候水车也停工，一台都不转。每逢此时我就觉得遭到了背叛，十分丧气。水车转得比较快的时候，有时水沫会挂上彩虹。那到底是做什么用的呢？我总是一边这么想着，一边逐一地望着那些水车。

我自己都没意识到，我在这里提及了两个转动的场景。骨碌碌卷起来的经卷，和骨碌碌转动的水车。这两个场景的特征还不止于此。还应指出：它们都是不经人力自行运作的。看来我生来就格外喜欢这种类型的事物。无论是在空想中还是亲眼看到这种场景，心情都会不知不觉地好起来。其心理学上的动因，我以前既没有考察过，也不想在这里做考察。这不仅会让读者觉得无聊，我自己也确实不甚明了。也许并非是不明其然，但这杂而无章的内容也已经够不知所云的了，我们还是换个话题吧。

要说到从新干线上容易看到的山，除了富士山之外大概也就是伊吹山了吧。从孩童时期起，我就很喜欢百人一首中的"恋君何其切，如若（伊吹的）荒原草"，[1] 以至于只

---

1 《小仓百人一首》中藤原实方朝臣的和歌"恋君何其切，如若荒原草。烈火熊熊燃，此心不能言"的前半句。藤原实方（？—998年），通称"藤中将"，中古三十六歌仙之一。曾与清少纳言有过相互赠答的恋歌。

有这张牌不愿意被人夺走。[1] 我从书上得知这首和歌中的伊吹山不是指近江及美浓交界处的伊吹山，而是指下野国的伊吹山时，觉得被人当成傻子耍了一道，同时认为长久以来欺骗了我的藤原实方朝臣是个可恶至极的家伙。除了伊吹山外，从新干线上也经常能看到安土山。那是个低矮的山坡，前几年我曾为写信长和安土城相关的随笔爬上去过，不过后来我也分不清了。我曾指着窗外告诉老婆说"你看，那就是安土山"时，也许就弄错了。相同形态的小山在这一带有好几座。但即使是弄错了，也不是什么大不了的事情。

"来一份静冈特产的芥末腌菜怎——么——样——啊——"

这简直就像是自动人偶一样，我想。这些在车内推销的女孩子们，在新干线运行的过程中，永无休止地推着推车往返于第一节车厢到最后一节车厢之间。列车内含着这推车小小的来回运动、小小的振幅，从东猛冲向西。我觉得这正像是行星伴着小小的卫星的公转运动，沿着自己的轨道一路狂奔一般。

1　这里是指名为"歌留多"的日本纸牌游戏。歌留多的玩法是将《小仓百人一首》中的百首和歌分为上下两段分别印在纸牌上，读出上句后找出对应的下句牌面夺牌，最终以牌数多寡分胜负。

琵琶湖出现在视野里又消失之后,列车抵达了京都站。

我们在车站前坐上出租车直奔 K 旅馆。因为 K 旅馆临近繁华地带,所以这阵子每次去京都我都会在他家落脚。

在酒店的房间里,我们打了个电话给住在神户的 K 大学麻田教授。我们早就通知过他今天会抵达京都。拿起话筒拨给麻田的当然是我老婆。我这人对电话抱有不明不白的不信任感,可能的话这辈子都不想碰话筒。虽然觉得对麻田这样的前辈多有不敬,也希望他能谅解我让老婆代言。麻田在电话另一端指定了花见小路上的某家饭馆,我们就在那里碰头。

麻田是个有趣的人物。他经常公开说要扔掉 K 大学教授这份麻烦的工作,去开个悠闲的茶馆或是面馆,也不知是真是假。我对他说过:"不过,还是等拿到养老金比较好吧。"他笑着回答说:"不,就算我现在辞了工作,也应该拿得到养老金。"这人有种用一般方法撬不动的狷介,还保持着现在已经很罕见的那种从未去过法国的法国文学研究者的骄傲。他是无价的珍稀人物。

我一直为我一句法语也不讲却能在法国横冲直撞一事感到自傲,但在没有去过法国的麻田面前,这种自傲就行不通了。小巫见大巫,我也不得不脱帽致敬。

我们离开酒店,在暮色笼罩的京都街道上溜达着。离约定的时间还很充裕。我们在河源町路左转,朝四条大道的祇园方向走去,边走边浏览着商店的窗户。这种时候让人觉得闲适轻松,很是不错。

祇园的花见小路对于我这种在东京长大的人来说是个少见的地方。一边要避开京都特有的开得又凶又猛的汽车,一边可以沿着狭窄的小路一间屋接一间屋地打量过去。

"终于,我找到了'新喜乐',位于通往护城河沿大路街角。我在木格门前看表,太早了,才四点半,离约定时间还有一个半小时。"[1] ——这是我钟爱的森鸥外《追傩》[2]中的一节,而此时我的心情与小说的主人公多少有些相似。因为时间还太早,我们就当是散步,穿过歌舞炼场[3]前的道路走到了昏暗的建仁寺门口。

那就顺便继续引用一点森鸥外吧。"我走进格子门。门里是三和土[4]地面,很清洁。却被我踩上泥脚印,我心里

---

1 森鸥外:《追傩》,侯为译。见《森鸥外精选集》,高慧勤编选,北京燕山出版社,2005 年,第 67 页。

2 《追傩》是森鸥外的短篇小说,讲主人公被招待到老店"新喜乐",但比约定的时间早到了一个半小时,结果偶然间看到了追傩——也就是驱鬼的仪式。

3 祇园甲部歌舞炼场是京都市东山区的一个剧场。

4 三和土又称敲土,是一种将砖红壤、砂砾等物质与熟石灰、卤水混合加热,涂敷后便会凝固的建材。由于混合了三种材料,因此称为三和土。

局促不安。我道歉说,来得太早,接着就被让到二楼。"[1]

当然,我们没有"被让到二楼",只是坐在吧台前而已。麻田要从神户坐电车转车过来,想来一时半会儿还不会出现,我就决定边喝啤酒边等他。店里还有两个比我们先来的客人,一片安静。

吧台后面穿着白色罩衣的厨师们正无言地忙于手中的菜刀,也有在用炭火精心烤松蕈的。他们穿的高齿木屐每走一步都会敲击在三和土地面上,这给人一种无以言喻的活力感。我脑子里冒出来一个奇特的念头,觉得厨师们搞不好是为此才穿木屐的。

老婆眼尖地看到店内侧的墙上挂着写有菜名的木牌,兴奋地轻声说道:

"哎呀,有老虎鱼呢。我想吃炸老虎鱼。"

"稍微等等。等麻田到了再点。"

"哎呀,还有方头鱼呢。我想吃酒烧方头鱼。"

"点那么多你一个人哪吃得完,笨蛋。"

过一会儿我又看了看菜牌,发现老虎鱼的木牌被翻了过来。也就只是过了一分钟而已。"哎呀,什么时候翻过来

1　森鸥外:《追傩》,侯为译。见《森鸥外精选集》,高慧勤编选,北京燕山出版社,2005年,第67页。

的。"我这样说道，感到茫然若失。如果是《发心集》的作者，大概会写成"不经人手，自行翻转"吧。我也确实没看到店里的人靠近菜牌去把它翻了个个儿。

老婆还在不死心地问店里的人，回答是："对不起，二楼有很多客人，所以老虎鱼刚才都卖光了。"

这趟旅行不知为何和"隔空操作"的概念就撇不清关系了，我想。我决定要出门旅行一事，说不定也是某种东西隔空操作的结果。虽然不知这"某种东西"到底是什么，但仔细去想却觉得毛骨悚然。

正当我漠然地想着这些事情的时候，店家的格子门"哗啦啦"地打开，高个子的麻田带着女伴笑眯眯地出现了。

避雷针小贩

推定写于 1783 年 7 月 3 日到 11 日间，萨德侯爵从文森城堡监狱 1 寄给夫人信件的开头是这样写的：

"你在信上所述的文森塔的灾难是怎么一回事？我们在这里没有遭遇到任何灾难。7 月 2 日，在一座塔上装设了避雷针。它召来了落雷，但正如这种情况下常常会发生的，雷只是落在避雷针的顶端。这又如何呢？这种事可称不上灾难。它只是一场实验，单纯只是一场实验。尽管如此，你把这件事当作话题还是让我感到吃惊。确实，如果我死于雷击，那将是所有灾难中最为轻微的一种。对于我来说，在所有死法中，那恐怕是我最喜欢的一种。因为那会在瞬间发生，完全不带有痛苦。恐怕正是因为如此，在人生所有的灾难中，我对这一种产生的本能的厌恶感最为轻微。"

如萨德在信中所述，1783 年 7 月 2 日文森塔顶上装了避雷针。当天或是翌日，在雷雨中有雷电偶然击中了避雷针。刚装好避雷针的时候就碰巧有雷打上去，这种事偶有发生。但在巴黎城里，市民们则吓得仿佛世界末日降临。萨德夫人也因此事惊慌失措，急忙写信询问关在文森城堡监狱中的萨德的安危。写信时她恐怕是使用了"灾难"一词——我译作

1　文森城堡坐落于法国法兰西岛文森市（巴黎东边），曾为国家监狱。1777 年萨德被捕后，一度被关押于此，1784 年越狱未遂后被移交巴士底狱。

"灾难"的这个词是法语的 accident，英语也写作 accident。夫人无意识地用了这个词，它让萨德感到不快。

富兰克林进行那次著名的风筝实验是在 1752 年，而他第一次给位于费城的自家屋顶装上避雷针是在 1753 年。文森城堡监狱的这次落雷距那时不过三十年，人们仍觉得避雷针带有魔力，对它抱有近似畏惧的心理，因此这件事才会在巴黎市民中引发不必要的大骚动吧。萨德对此感到极为不快，一口咬定这"单纯只是一场实验"。诚如一个长于科学的 18 世纪知识分子，对夫人夸大的言辞嗤之以鼻。

实际上，根据书上记载，无论是在美国、英国还是法国，在市民中普及避雷针时都有各种意想不到的困难。特别是基督教的僧侣们，曾强烈地反对装设避雷针。能引来雷电的魔法棒，好死不死还要装在教堂的屋顶上，也难怪他们会感到不安。在欧洲，城镇里动辄耸立着高达一百五十米的哥特式高塔，最首要的就是要给教堂装上避雷针。但关键是僧侣们不肯点头，这就不妙了。自古以来，僧侣们都会抱着强烈的使命感顽强地反对任何看上去像是违反了神所创造的自然秩序的事物。比如解剖尸体，比如从僧院屋顶上放飞滑翔机，比如让机械装置的人偶走路，这些无一不曾被他们反对过。在他们眼中，这些都是极具恶魔性质的行为，避雷针只是被反对的事物中的一种而已。

　　在这种情况下,也曾有些黑心的家伙,利用当时属于最新科技发明的避雷针,赚上一笔是一笔,人们称这种人为"避雷针小贩"。他们为粗制滥造的避雷针定价,挨门挨户地推销。《白鲸》的作者赫尔曼·梅尔维尔就曾写过题为《避雷针小贩》的短篇,作品中出现的避雷针小贩不折不扣地是个厚脸皮搞强买强卖的商人。

　　让我们回到萨德的信上。

　　萨德在信中说,既然总归要死,自己还是喜欢苦痛最少的雷击所带来的瞬间的死亡。也提到说雷击造成的死亡能让他很少产生本能的厌恶感。雷击造成的死亡是否如萨德所说痛苦较少,没遭到过雷击的我们无法予以断言,但在萨德的脑子里这渐渐地成为了一种固有观念。在这次落雷后四年,萨德写下茱斯蒂娜第一个版本的故事《美德的不幸》(1787年)时,他就让女主人公死于雷击。描写如下:

　　"闪电从右乳进去,烧焦了她的胸脯,再从嘴巴出来,把她的脸容损毁得叫人不敢观看。"

　　这就是可怜的茱斯蒂娜的死状。有趣的是,在萨德出狱后写的茱斯蒂娜第二个版本的故事《美德的不幸》(1791年)中,雷电是这样贯穿女主人公的肉体的:

　　"闪电从右乳进去,烧焦了她的胸脯和脸容,再从腹部出来,把她损毁得叫人不敢观看。"

　　而在 1797 年,萨德第三个版本的茱斯蒂娜故事《新茱斯蒂娜》及《恶德的繁荣》面世,在这部长达十卷的庞大故事的最后,女主人公的死状被描写如下:

　　"闪电从嘴巴进去,从阴门出来。"

　　在茱斯蒂娜的故事里,女主人公被雷劈死的情状有这三个异本,因此被认为有三个版本。闪电贯穿的路径最开始是从她的乳房到嘴,后来是从乳房到腹部,最后是从嘴到阴门。我认为闪电所穿透的位置的变化,如实地反映了那十年里萨德思想上的变化,并对此兴趣颇深。我相信从上半身到下半身的变换,也许正显示了他彻底向现实主义转变这一事实。

　　我并不打算在此深入讨论文学论,因此关于这个问题就此搁笔。相较之下我更在意的是,我认为萨德让女主人公遭雷击死去,是因为想让她在满载苦难的人生最后以最轻松的方式死去。在萨德的考量中,雷击是最没有痛苦的、让人满意的死亡,也就是安乐死。萨德是想给茱斯蒂娜一个安乐死吗?

　　这是个难题。

　　不,这是不言自明的。

※　※　※

前面我提到梅尔维尔有一篇题为《避雷针小贩》的短篇，接下来要讲的故事就是我借《避雷针小贩》的设定自由发挥的故事。说真的，我非常喜欢这个短篇，以前就想过要把它脱胎换骨改写成自己的故事。前言就说这么多。我们开始吧。

那是暴风雨的一天。雷鸣从山上滚到山谷里，又从山谷里滚到山上，紫色闪电频繁地画出粗大的"之"字，每隔一段时间猛烈的雨点就倾泻在屋檐上。恐怕是因为我家位于略高的山上，比起平原更容易贴近感受到暴风雨的效果。我站在暖炉前的大理石地面上，半是无可奈何地眺望着窗外的暴风骤雨。这时，有人在"咚咚"地敲响门。这让我瞬间产生了犹疑，到底会有何等好事之人在这种暴风骤雨中拜访别人家？并且，门上明明装有门环，来人为何要用手敲门？

我边想着边打开了门，门口站着一个陌生男人，腋下夹着一根奇特的金属手杖。这男人我素未谋面。

"您好。初次见面。"

没办法，我只好指着屋里的扶手椅说道：

"请进来坐下吧。您可真是选了一个好天气来访。"

"您说好天气？这要算得上是好天气，那可真是了不得的好天气。"

"您全身上下都淋湿了。到这边来烤烤火吧。"

"不，完全不必。"

男人杵在房间正中一动不动。这男人越看越让人觉得奇特。他长着一张瘦削阴沉的脸，凌乱的头发因雨水贴在额头上，眼眶发黑，深陷于眼窝中的双目微微地发着光。他从头到脚淋得湿透，脚边的地面上眼见着积起了一滩水。被他夹在腋下的手杖，进到屋里后仍然没有放下来。

那是一根闪闪发光的细铜棒，长约一百二十公分，末端装有木柄，木柄和铜棒间嵌有两颗绿色的玻璃球。铜棒的顶端分成了锐利的三枝，闪着黄金般的光芒。男人牢牢地握着木柄的部分。

我轻轻行了个礼，说道：

"看起来您这副样子像极了宙斯大神呢。在希腊的雕像上，掌管雷电的宙斯也是握着一根跟您的手杖非常相似的棍棒。宙斯大人莅临寒舍，真是不胜荣幸。就在今天，您令暴风雨降临此山之上，简直让人感激不尽。您瞧，又来了。这惊人的雷鸣越来越猛烈了，真是让人经受不住。还是请您坐下吧。和奥林匹斯山的宝座相比，这稻草垫的扶手椅想必显得粗鄙不堪。来来，请不要客气，坐下吧。"

就在我这样开着玩笑时，男人的脸上现出夹杂了恐惧的震惊表情。他死死地盯住了我的脸，也没有从自己的位置上挪动一步。

"坐下来，把您淋湿的衣服烤烤干如何？"

我指着炉火熊熊燃烧的暖炉前的扶手椅，再次催促那男人。虽然在9月初天气并不寒冷，但为了除去湿气，从下午开始我就一直让暖炉的火烧着。

但那男人像是完全没听到我的话一般，仍旧站在房间中央，带着责难般的严峻神色深深地盯着我看。末了，他沉重地开了口：

"多谢您的好意，但我不能靠近暖炉。不仅如此，我还要敬告您，请和我一样离开暖炉，站到房间的中央来。噢噢（男人惊得跳了起来），又在打雷了。这是何等吓人的声音。请您尽快离开暖炉……"

"可这里又暖和又舒适。"

"您的无知简直让人哑口无言。在这种雷雨天中，屋子里最危险的地方就是暖炉旁，您难道不知道吗？"

"是的，我完全不知道。"

因为男人的声调太过认真，我不由得差一点朝房间中央迈出了一步。但看到男人脸上瞬间闪过一丝令人不快的得意神色，我又无言地退了一步。任何人都会有种逆反心理,哪怕牺牲自己的自尊也不愿意让对方随心所欲。男人一看我没有老老实实地照他说的去做,就越发焦躁起来,用半是警告半是威胁的口气喊道:

"听好了,您应该离开暖炉。热的空气和煤是电的良好导体,难道您不知道吗? 更不要说还有铁制的木柴架。如果您看重您自己的生命,就应当听从我的忠告离开暖炉。我命令您这么做。"

"不好意思,宙斯先生,我可没有在自己家中服从别人命令的习惯。"

"请您不要再说什么宙斯了! 我可是个日本人!"

"这可真是抱歉。那我就要问了,您到这里来是做什么的? 如果您是来避雨的,那就请您随意,一直呆到雨势转弱为止。如果您有其他目的,就要请您尽快说明了。您到底是什么人?"

男人放缓了音调,说道:

"我是卖避雷针的。原本我这行……"

正在他说话的时候,又是一声巨响刺破了周围的空气。巨大的雷声震得窗玻璃簌簌作响。男人缩了缩脖子,说道:

"天哪天哪,好可怕的声音。该不会是打到您家房子上了吧。没有? 但还是越小心越好。毕竟有备无患。我将用这根魔法棒为您的家献上铜墙铁壁。"

　　男人一边说着,一边意味深长地用手杖"咚咚"地敲击着地面。

　　"刚才您正说到一半。我还没有听到您介绍自己的职业。"

　　"我的职业就是推销避雷针的。这就是样品。"

　　男人用手轻轻敲着手杖。

　　"上个月我一个人就推销出去二十三支避雷针。鄙社的避雷针极为优秀,安装方法也十分简单,在安全性方面也深受好评。"

　　"也就是说,存在有不安全的情况,也就是危险的情况吗?"

　　"确实是有。比如说在屋顶上安装避雷针的时候,如果负责安装的工匠不够熟练,不小心让避雷针和屋顶的金属部分接触到了,那可就不得了了。"

　　"哦,会发生怎样不得了的事?"

　　"您难道还想不到吗?那样电流就会从避雷针传到建筑物上,建筑物就会悲惨地起火。前些天就发生过一起灾难,镰仓某座寺庙的正殿因为雷打在没装好的避雷针上,一瞬间就给烧没了。报纸上也有报道过,您大概还有印象吧。"

　　"这样说来,我似乎是有点印象。不过,那座寺庙装的避雷针，该不会就是贵公司的避雷针吧。"

男人没有回答。

"噢噢（男人又跳了起来），又打雷了。越来越近了。这次很近了啊！又闪电了。您可千万不能动。"

男人像是突然要放开拿在手里的手杖。但他只是朝窗子的方向迈了一步，一边躬着身子查看外面的情况，一边用右手的食指和中指按在左手手腕处。我正感到不解，男人就回过头来说道：

"才三次脉搏。这是三百米以内的极近距离。大概是打在这附近的林子里了吧。我来这儿的路上看到了三棵被雷劈裂燃烧的栎树。栎树的树汁里含有溶解的铁质，所以比其他树木更容易被雷打到。您家里的地板好像也是栎木的吧。"

"是栎木的芯材。这样说来，您这不是特意选了暴风雨的日子来上门推销避雷针的吗？一开始打雷，您大概就在心里说：'太好了，这可是我做买卖的天赐良机！'是吧？"

"您没有听到吗？又在打雷了。"

"您也没必要这么战战兢兢的吧。您可是卖避雷针的，有什么可战战兢兢的呢？一般人都会挑风和日丽的时候出门做生意，而您会选择暴风雨的日子。不是应该已经相当习惯暴风雨了吗？"

"确实,我会在暴风雨的日子出门做生意。但并未因此就小看了雷电的可怕之处。哪怕只是走在路上,我也有避雷针专家才会知道的特别的预防措施。"

"您那特别的预防措施是什么呢? 我可一定要听一听。但在那之前还是先把百叶窗关上吧。雨都斜着刮进来了。我来把百叶窗拴住。"

"您疯了吗? 您忘了铁栓是导体吗? 请您住手。"

"只不过关一下百叶窗而已。那我让下人拿木栓来好了。按一下那边的传呼铃就……"

"您脑子不清醒吗? 碰到传呼铃的话您会被炸飞的。在暴风雨中千万不能用手碰传呼铃。"

"传呼铃也不行吗? 那在这种时候,到底在什么地方做什么才是安全的呢? 您觉得我家里还有安全的地方吗?"

"这还是有的。不过,并不是您现在所站的地方。刚才我也说过了,您要远离墙壁。闪电的电流经常会顺着墙壁下来打进人体内。因为人体是比墙壁好得多的导体。那样一来就要去见上帝了。"

"也许吧。那么,按照您的观点,这屋里最安全的地方是哪里呢?"

"就是这房间里我所站的地方。来,请到这边来吧。"

"能让我问问理由吗?"

"噢噢，玻璃在簌簌发颤了。又闪电了。请到我身边来。"

"在那之前请说说理由。"

"请到这边来。"

"虽然很感谢您的好意，但我还是呆在这里好了。而且暴风雨看来也告一段落了，和刚才比起来，雷声不是已经远多了吗？就请您借这个机会赶紧说明吧。到底为什么，您所站的位置，会是这屋子里最安全的地方呢？"

实际上暴风雨确实是平静了一些。卖避雷针的小贩也像是松了口气，徐徐地开了口：

"您家是有阁楼和地下室的两层建筑。而且这间屋子正好位于阁楼和地下室之间，可以说是比较安全的。因为雷电这种东西，有时候从空中到地面，有时候又会从地面到空中形成环流。您能明白吧。另有一点，房间中间是最安全的，这是因为如果雷打到屋子上，就会顺着暖炉或墙壁打下来，因此离暖炉或墙壁越远就越安全。如果您对我的说明表示满意的话，就请到这边来，看看这个样品吧，一支只要一万日元。"

"似懂非懂的样子。但还是暖炉边舒适得多，我不想轻易离开。您到这边来如何？把那湿衣服烤烤干如何？"

"不，我这样就行了。打湿了比较好。"

"这又是为什么呢?"

"雷雨时的最佳策略就是全身透湿。因为打湿的衣服是比人类的身体好得多的导体。就算是雷落到身上,也会顺着打湿的衣服传导,而完全不会经过肉体传导。这样肉体才能不受到伤害。"

"哎呀,这可真让人吃惊。我还真不知道这么多。您刚才所说的,您在暴风雨的日子外出时必定采取的特别预防措施,就是全身淋个透湿吗?"

"也不是说只有这样。简单来说……"

"不,您不用简单来说也没关系。没什么比全身淋得透湿更简单的了。"

从这时候起,避雷针小贩的脸上显示出了露骨的焦躁神色。一直讲不到谈生意的正题上,让他开始焦躁不安起来。而避雷针小贩越感到焦躁,我就越发觉得愉快。

"换个话题来说吧,卖避雷针的商人。我总归是要死的,而我常常希望能被雷劈死。因为这恐怕是痛苦最轻微的死法了。这话我们私下里讲,有没有利用您那根美丽的铜制避雷针顺利死去的办法?"

男人愤愤不平了起来:

"怎么会有!原本避雷针就是用来预防雷击伤害的东西,怎么可能用来故意导致伤害。首先,如果做出这种事来我可是要上法庭的。别开玩笑了。"

"可是,您刚才也说过了,如果安装方法不对,电流就会传导下来,转眼间把镰仓寺庙的正殿烧掉。我总觉得避雷针这名字恐怕不怎么正确,应该叫作导雷针才对。因为您看,它并不是排开空中的雷电,而是吸引雷电用的。避雷针应当是一把双刃剑,既能防雷灾,也能故意引来雷灾才对。比如说,如果在人的脑袋上竖一根避雷针,会怎么样呢?"

"那不是显而易见的吗?会防住雷电的伤害。不过,要通过导线将雷电的电流引到土里去,人必须像是扎根在地上一样不能动弹。"

"不不,我想说的是导线连在人的肉体上的情况。比如说,导线连在人的阴茎上时会怎么样呢?"

"不管是连在阴茎上还是阴道上,毫无疑问人都会瞬间死掉吧。以前有过这样的事件,一位头发上夹着发夹去睡觉的女学生,因为闪电直击发夹而瞬间死亡。避雷针的原理就和那发夹完全相同。不过,算我求您了,死不死的话题还是请您放到很久以后再考虑吧。因为您的关系,咱们已经讨论了一大堆愚蠢的话题了。想想,完全没讲到生意的事。不应该是这样的。您到底有没有从我这里买避雷针的意思?没有的话就算了……"

"所以说,刚才我也说过了,作为死亡的道具,我正在考虑要不要备上一支您那优秀的避雷针呢。当然,我并没打算马上赴死。"

"就算不是现在,如果您是打算用在这种用途上的话,那实在是抱歉,我不能卖给您。"

"这就说不通了。您特意冒着狂风暴雨来到我家里,到底是来做什么的呢?我既然都说了要买,您却说不卖,这是怎么回事呢?还是请您不要开玩笑了。如果您无论如何都不肯卖给我,我就不让您离开屋子一步。"

看到我居高临下的态度,男人那阴暗的脸色越发阴暗,沉默了下来。他青黑的眼眶就像是阴天夜里的月亮带着一圈光晕一般,显得越发深了。在那月晕之中,细小的眼睛虚弱地眨了眨,像是在心中拿不定主意。我盯住这男人,心想,你要能逃得掉就试试看吧。

男人好像伺机要往大门那边跑。我上前一步,迅速挡在他的前面。男人如同一只被追赶的野兽,准备丢开恐惧,进行殊死的反击。

男人像是举起三叉戟一般举起了握在右手的锐利的铜质手杖,用尽全力朝我的心脏挥了下来。我感觉眼前仿佛瞬间有闪电闪过。

我胸前血如泉涌地倒下了,但不知为何并未感觉到一丝痛苦。在恍若被雷击而死的错觉中,我迅速失去了意识。

※　※　※

安德烈·布勒东[1]给自选集《黑色幽默选集》的序文冠以《避雷针》之题。这题目看起来奇特,实际上是出自格奥尔格·克里斯托弗·利希滕贝格[2]的《格言集》。利希滕贝格曾经这样写道:

"序言可称作避雷针。"[3]

这到底是什么意思呢?我一直非常介意,但直到现在仍无法明确地界定它的意思。

在利希滕贝格的《格言集》中,它前面一句格言是这样写的:

"书是一面镜子。一只猴子去照它,里面决不会显出圣徒的面孔来。"[4]

1　安德烈·布勒东(1896年—1966年),法国作家及诗人,超现实主义创始人。

2　格奥尔格·克里斯托弗·利希滕贝格(1742年—1799年),德国的科学家、启蒙学者、讽刺作家。著有《格言集》(*Aphorismen*)。

3　利希滕贝格:《格言集》,范一译,辽宁教育出版社,1998年,第189页。

4　利希滕贝格:《格言集》,范一译,辽宁教育出版社,1998年,第181页。

后　记

　　波德莱尔在《火箭》中写道："所有纹样中,阿拉伯花纹是最具概念性的。"不必说,阿拉伯花纹就是指唐草。"Conte Arabesque"[1],也就是唐草物语——很难说我在起这个总标题时没有想到波德莱尔的话。若蒙认为本书总标题来自波德莱尔的话,那就不胜荣幸了。

　　不仅是标题,这本《唐草物语》中的十二篇故事,也无一不是出自书本或是掌故,基于这些而写成。我虽然不打算逐一说明,但其中有几篇是出自意想不到的灵感,因此在这里介绍一下聊作慰藉。

　　大概有很多人知道坂口安吾的《紫大纳言》这篇优秀的短篇小说。但恐怕很少有人记得里面出现了"飞翔的大纳言"这个词。如果我没有注意到这个词的话,想必也就

　　1　法语,阿拉伯花纹式的故事。

不会写下这篇《飞翔的大纳言》了。

阿波利奈尔的短篇小说中,有一篇《布拉格遇到的男人》,写的是彷徨的犹太人的故事。好奇的读者如果把这个短篇和我的《金色堂异闻》拿来比较的话,大概很容易发现结构上的共通点吧。

如果有人读过著名将棋研究家增川宏一先生的《棋盘上的游戏》,就会知道里面记述了在蒙古,人们会用动物形状的棋子来下西洋棋一事。《棋盘上的游戏》一篇,没有这点的启发是写不出来的。

这十二篇故事在杂志《文艺》上从昭和五十四年一月连载到昭和五十五年一月,差不多整整一年时间。为了整合成书,每一篇都稍作了修改。连载时的樱井精一先生和平出隆先生,汇集成册时的内藤宪吾先生,都给了我很多照顾。在此表示感谢。

昭和五十六年四月

涩泽龙彦

著作权合同登记号桂图登字:20 - 2014 - 275 号

图书在版编目(CIP)数据

唐草物语/(日)涩泽龙彦著;林青译. —2 版. —桂林:广西师范
大学出版社,2021.6
(涩泽龙彦文集 / 刘玮主编)
ISBN 978 - 7 - 5598 - 3656 - 4

Ⅰ.①唐… Ⅱ.①涩… ②林… Ⅲ.①短篇小说-小说集-日本-
现代 Ⅳ.①I313.65

中国版本图书馆 CIP 数据核字(2021)第 043102 号

唐草物语
TANGCAO WUYU

出 品 人:刘广汉　　　　　责任编辑:刘　玮　　　　　助理编辑:陶阿晴
装帧设计:iglooo　王鸣豪　　插　图:iglooo
广西师范大学出版社出版发行

```
(广西桂林市五里店路9号　　　　邮政编码:541004)
(网址:http://www.bbtpress.com　　　　　　　　　　　　　)
```

出版人:黄轩庄
全国新华书店经销
销售热线:021 - 65200318　021 - 31260822 - 898
山东韵杰文化科技有限公司印刷
(山东省淄博市桓台县桓台大道西首　邮政编码:256401)
开本:787mm × 1 092mm　　1/32
印张:8　　插图:7　　　字数:136 千字
2021 年 6 月第 2 版　　2021 年 6 月第 1 次印刷
定价:58.00 元